[新]詩論・エッセイ文庫 9

三人の詩人たち

阿部堅磐

土曜美術社出版販売

〔新〕詩論・エッセイ文庫9

三人の詩人たち＊目次

Ⅰ章　中山伸の詩

Ⅱ章　伴野憲の詩

三人の詩人たち

Ⅰ章　中山伸の詩

一　中山伸詩集『座標』を読む

この詩集は昭和四十八年一月二十八日、中部詩人サロンから発行されたもので、印刷・造本は詩人平光善久氏の不動工房で為されている。表紙絵は画家柳亮氏の手に成るものである。参考までに著者略歴を引こう。

足跡

明治三十六年一月二十六日　名古屋市に生る。
大正八年　柳亮、伴野憲と感動詩社を結び「曼珠沙華」（後に「独立詩文学」と改題）を創刊、以降「風と家と岬」「新生」「友情」に参加。

大正十五年　第一詩集『北の窓』刊行。
昭和二十二年二月　高木斐瑳雄、伴野憲、亀山巌と発起人になり「新日本詩人懇話会」を結成、会報発行、詩話会、詩朗読会を催す。
昭和二十五年　名古屋短詩型文学連盟発足と共に詩部委員となり運営に尽力。
昭和二十八年　高木斐瑳雄、伴野憲と共に主軸となり、「中部詩人サロン」を結成。「サロン・デ・ポエート」を創刊（創刊直前、高木斐瑳雄　病没）。以来一七四号まで発行人として刊行に力を注いだ。
昭和四十八年一月　第二詩集『座標』を中部サロンより刊行。
日本詩人クラブ会員
平成三年一月六日　午前八時五十一分脳の血管障害により逝去。翌四日、西区天神山の周泉寺に於て葬儀。戒名　曼珠院釋伸證　行年　八十七歳

（「サロン・デ・ポエート」一七六号）

とある。詩人佐藤経雄氏（詩誌「サロン・デ・ポエート」同人）は、中日新聞、平成三年一月二十三日（水）の夕刊で、〈中部詩壇の草分け・中山伸氏の思い出〉と題して一文を寄せている。

詩活動を貫く

名古屋に生まれ、中部地方を中心に詩活動を貫いてきた中山伸氏が、正月六日に八十七歳の生涯を閉じられた。その訃報を受け、ぼう然としたあとよみがえってきたのは、一昨年、物故されたジャーナリストの亀山巌氏のことばだった。

「二人（中山、伴野憲両氏）から、草創期の中部詩壇の状況をしっかり聞いておかなければいけないよ。この地方の草分けなのだから」。「それをしてないのは、ぼくたちの怠慢ですね」と私。「そうだ、詩史というものをもっと大切に考えなければ……」

しかし、私はそれをはたしていなかった。助言してくれた亀山氏も、聞き出す相手の中山氏もいまは亡い。頼りにする伴野氏は病床にあって、心身の消耗を嘆いておられる。いかんともし難い現状である。

大正、昭和初期のこの地における詩運動の詳細を私は知らない。やむなくわずかな資料を頼りに、中山氏の足跡にスポットを照射し、若干その業績を述べてみたい。

大正八年、柳亮、伴野両氏と感動詩社を結び「曼珠沙華」（後に「独立詩文学」と改題）を創刊、以来「風と家と岬」「新生」「友情」に参加した。ちなみに柳亮（美術評論家）、春山春夫、伴野各氏は、名古屋商業学校時代の同級生であった。

大正十一年一月には、このメンバーで東京から講師を招いて、文芸講演会を愛知県商品陳列館の講堂を満席にして開いたという。その覇気と行動力に驚く。

講師は生田春月、池田孝次郎、加藤武雄、福士幸次郎といったそうそうたる顔ぶれである。中山氏は二十歳になるかならぬであったろう。こうした文学運動にエネルギーを惜しみなく注いだ青春は、貴く、美しい。

詩精神を研磨

戦後の氏を語る上で忘れられないのは「新日本詩人懇話会（詩話会）」と「名古屋短詩型文学連盟」である。

前者は昭和二十二年の結成で、発起人は高木斐瑳雄、伴野、亀山、中山の四氏。「戦後一年半では呼び掛けの案内状もあて先不明で返ってくるし、困ったよ」と、後日、中山氏は述懐していた。

それでも結成式には六十余人が集まって、詩精神の研磨を誓い合った。私も詩話会委員の一人になったので、氏と会う機会も増えた。敗戦の打撃と物資欠乏、一望焦土の中からの出発だった。

会報も会員の詩や消息を掲載して発行し、詩話会を続けながら、唯一の精神のよりどころとしていた。

「名古屋短詩型文学連盟」は、昭和二十五年に結成、短歌、俳句、詩の三部門が交流を図り、毎年、公募による文学祭を開催した。中山氏は第一回から詩の部の委員として運営に心を砕き、長期にわたり、連盟の代表も務めた。

昨年で四十一回を数えたが、初期の作品集に、現在、詩活動も活発に続ける知名詩人が入賞者に名を連ねていて興味深い。氏は詩人の発掘、後進の育成に公平誠実に携わってこられた。

和して同ぜず

氏が創刊以来、発行人として継続してきた「サロン・デ・ポエート」は、通算三十九年を数え、先ごろ一七五号を発行した。ここまで続いたのは、氏の懐の深さのおかげだったろう。

サロン的空気について批判を受けたときも「もともとサロン的空気というものは、和して同ぜずというリベラリストの茶会のようなものを僕は考える。教えられるものと教えるものの関係でもない。互いに敬愛し、認め合った上での結び付きである」と中山氏は答えている。この態度を最後まで変えなかった。

街なかを氏と一緒に歩いたりするとき、いつの間にか氏は先頭を歩いていた。子が親の背を見て育つというように、私も長い間、氏の背を見て歩いてきたように思う。その背が前に見えぬさびしさ……。

氏は『北の窓』『座標』の優れた詩集を遺《のこ》して逝かれた。その詩群の淡々として、しかも深く、端正な言葉が私を揺すぶりつづけている。

この新聞に発表された一文は、中山伸氏の人格と精神を端的に表現していて、正に名文である。別な言い方をすれば〈人格証明書〉とでも言えよう。ここでは詩集『座標』の何篇かを掲げて、作者の詩心に迫って（どこまで核心に迫ることが出来るかわからないが）鑑賞してゆきたい。

夏も終りの

三輪川、板敷川ともいう
流紋岩質凝灰石の河床が
板を敷き並べたように続いている

その支流　乳岩川は
さらにその風化水蝕の現象が見事だ
しかもその奥　見上げる山巓には
乳岩の奇巌がそびえ
その石を煎じてのめば
乳が出るという
その岩窟にもよじ登った

三輪川を少し下れば
寒峡川《かんさ》との合流点桑畑のはずれに
長篠城趾がある
鳥居強右衛門《すね》の物語りの地だ
あの律儀な勇士が
磔刑された原もほど近い

夏も終りのある日
親子四人そこここと歩き疲れ
小さな駅の腰かけに並んで
窓越しの萩の花を眺めている

旅が好きだった著者の情感が生み出した私の大好きな詩の一つである。旧い言い方をすれば秀《ほ》の国と呼ばれる処へ訪れた時の所産である。具体的に言えば、豊橋から飯田線に乗り、のんびりローカル線の旅を楽しめばわかると思うが、新城から鳳来（長篠）辺りが詩の舞台である。自然と人生を愛して止まなかった作者の感慨が、まず詩の一連から滲み出ている。しかも静かな眼差しで対象（風景）を捉える。詩「夏も終りの」の一連、三行について先ず、検討しよう。〈三輪川、板敷川ともいう〉と川が示される。湯谷の辺りを流れる川である。作者はその川の畔りに佇って望観する。二行目〈流紋岩質凝灰石の河床〉とあるが、旅人としての作者は自然（地学）の変容に目を注ぐ。地学を専門に研究している学兄の話によると、マグマが出て来て、地表で凝固したのを火山岩と呼び、その中に成分によって流紋岩と呼ぶ岩石の類があり、それに対し火山灰が固まって出来るのが凝灰岩なのだそうである。そしてその生成過程に於いて岩に節理が出来、板の様な状態となるのだそうである。ただの川床かと片付けてしまうのではなく、そこには発見があり、感動があることに読者は注意を払うべきである。たった三行においてすら、自然の驚異に対する深い思惟を私は見る。実はつい先日、板敷川の谿流の畔りの湯谷温泉を訪れた。作者の面影がちらついて仕方がなかったが、〈板を敷き並べたように続いている〉河床は少し茶と黄色の混ざり合った色彩を帯びていて、水の音が快い。

詩の二連に目を移すと、二連には、名勝天然記念物、乳岩山の岩窟によじ登った感想が述べられている。〈その石を煎じてのめば／乳が出るという〉言い伝え、ここでも旅の発見がある。自然の姿と言い伝え、そして次の三連に歴史への視点が伺える。

〈三輪川を少し下れば／寒峡川《かんさ》との合流点桑畑のはずれに／長篠城趾がある〉と記されて

あるように、吉川英治の小説『新書・太閤記』で名高い城である。天正三年当時二十四歳の奥平貞昌が五百人の城兵で武田勝頼一万五千と激しい攻防を繰り返し、織田、徳川の援軍到来まで守りぬいた城の話である。私はこの城趾を三回程訪れている。史跡保存館には、遺品や武器、文献などが展示されていたのを記憶している。作者は呟く。〈鳥居強右衛《すね》門の物語りの地だ／あの律儀な勇士が／磔刑された原もほど近い〉と。鳥居強右衛門、テレビや映画でお馴染みの武将である。『広辞苑』は「戦国時代の武将。名は勝商《かつあき》。奥平信昌の家臣。三河の長篠城が武田勝頼の重囲に陥った時、夜陰に乗じて城を抜け出、徳川家康に謁して援軍を請い主命を果たしたが、帰途、敵に捕えられて磔殺」と記す。以前、『太閤記』でこの名場面を読んだ時、私は胸が熱くなった経験があるが、〈律儀な勇士〉という言葉がぴったりだと思う。作者は城趾を散策し、一人の武士の生き様に思いを巡らし、感慨に耽る。

四連は淡い旅情を湛え、結びの詩行としては非常に巧みな連となっている。〈親子四人の小旅行の味がここにはある。駅の風景をさりげなく描き、〈窓越しの萩の花を眺めている〉と記した終連は鮮やかな詩情が漂う。

獅子谷

ひとつの石には
空　の一字
もうひとつの石には
寂　の一字
桜の木をなかにして
二つの石が並んでいる

深く刻まれたその二字は
晩春の雨に洗われ
うつくしく息づいている
ひだりしたにちいさく「潤一郎」の刻名

法然院墓地の雨
こうもりがさを傾けて

わたしはその前にうずくまる
肩肱はらず
かれた書体はなにげなく
空　寂
路傍の道祖神などおもわせる碑石

若年のわたしに性の戦慄を
青年のわたしに恋愛の不可知を
壮年のわたしに人生の非情を
メフィストフェレスのように囁いた人

その人の碑　ここに
その人まぎれもなくみずからの筆蹟をここにとどめ
東山山麓獅子谷のみどりの雨に
びしょびしょに濡れている

京都、東山山麓獅子谷、法然院墓地の中、文豪谷崎潤一郎の碑を作者が訪れた時の所産である。レトリックから言えば無駄な肉を削ぎ落とし、実に簡潔な表現である。まず第一連から読んでいこう。〈ひとつの石には／空　の一字／もうひとつの石には／寂　の一字／桜の木をなかにして／二つの石が並んでいる〉とまず一連には、二つの石が提示される。読者は、何だろうと思わず詩の世界へ引っ張り込まれる。その石には〈空〉と〈寂〉が刻み込まれていることがわかる。〈桜の木をなかにして〉の詩句はその場の佇まいを伝えて効果的である。

第二連、三連、〈晩春の雨に洗われ〉とあるように、季節が明示され、まるで呼吸でもしているかのような〈「潤一郎」の刻名〉が描かれる。作者は感動を求め、よく旅をされたとのことである。〈法然院〉へも出かけられたことがあるとは作者から聞かされたことがある。法然院の墓地の一角で、こうもりがさを傾けて、文学を愛する詩人が文学者の碑にうずくまっている様子は私にはとても美しく感じられる。第三連は殊に印象的である。作者の内的経験が表出されていて、その精神に触れる思いがする。〈若年のわたしに性の戦慄を／青年のわたしに恋愛の不可知を／壮年のわたしに人生の非情を／メフィストフェレスのように囁いた人〉とあるように、若年、青年、壮年、それぞれの年齢に相応しいテーマを谷崎の文学から学んだことが記される。作者は谷崎の文学をファウストを誘惑し、魂を売る約束でその従者となった悪魔のメフィストフェレスの囁きのように感じたのであろう。明治生まれの作者はゲーテを読み、潤一郎の悪魔主義に魅せられていたのである。

そして終連〈その人の碑　ここに／その人まぎれもなくみずからの筆蹟をここにとどめ／東山山麓獅子谷のみどりの雨に／びしょびしょに濡れている〉で筆を収める。

作者はこの詩作品を発表してからまもなく谷崎夫人から感想を記された便りを頂戴したそうである。その便りを私も拝見した記憶があるが、それももう二十余年も前の昔の話となった。

深夜の詩話会

なんとなくにぎやかなのだ
物音もたえた深夜なのに
部屋のなかがなんとなくざわめいている
なにかがあるらしい

詩話会が始まっているらしい

斐瑳雄がいるらしい
義雄もいるらしい
茂も選吉も盛雄もいるらしい
惣之助もいるらしい
ときどきわらうのは選吉か惣之助か
逸治も草史も紅二もいるらしい
ぼくには案内がないのだから
話がよくわからない
司会者がいないようなので
ぼくが司会をしようかと
〝それではここで……〟と声をたかめるのだが
どうもそれが通ぜぬらしい

仕方がないので

ぼくはごろりと寝ころんでいる
深夜の詩話会はまだ続いているらしい

深夜、亡き詩友を偲ぶのに詩話会という設定で作品化している。この詩に登場する高木斐瑳雄、山根義雄、落合茂、鵜飼選吉、杉浦盛雄、鈴木惣之助、野々部逸治、坂野草史、西尾紅二、これらの詩人達は中部詩壇に作者と共に輝きを放った詩人達である。作者は夢と現《うつつ》の間《あわい》で、あるざわめきを感じる。そして詩話会が始まっているような気配に気づく。〈斐瑳雄がいるらしい／義雄もいるらしい〉……想い出の詩人達を作品に登場させ、すべて〈らしい〉と記すところも利いている。〈ぼくには案内がないのだから／話がよくわからない〉とあるように、この世に残された作者にはかつての仲間からの案内状は届かない。ここまで読んで来て私はなぜか、ペルシャの詩人、オマール＝ハイヤームの詩を想起する。

苦心して学徳をつみかさねた人たちは
「世の燈明」と仰がれて光りかがやきながら、
闇の夜にぼそぼそお伽ばなしをしたばかりで、
世も明けやらぬに早《は》や燃えつきてしまった。

詩もまた、そのような意味を持つものかも知れない。そして詩人の生涯も然りと思われて仕方がない。

作品に戻ろう。作者は〈司会者がいないようなので／ぼくが司会をしようか〉と、司会役を買って出る。が作者の〝夢〟の部分ではあくまでも存在している詩話会ではあっても、現実にはありはしない詩話会である。〈〝それではここで……〟と声をたかめるのだが／どうもそれが通ぜぬらしい〉と作者は記す。切ない詩である。私も学生の頃の詩友達を偲ぶ深夜がある。学生の頃の仲間はまだ亡くなってはいないが、思い浮かべる詩友達の面影は若く美しい面影であり、〝深夜の詩話会〟は私の身の上にもかつて有った現象である。切ない詩ではあっても深刻ぶったところはない。それは〈仕方がないので／ぼくはごろりと寝ころんでいる〉という詩句に示されているように深夜のある詩情である。深刻ぶってはいないが私には厳粛に響いてくる詩句でもある。〈深夜の詩話会はまだ続いているらしい〉、余韻嫋々の風情がある。私はこの詩「深夜の詩話会」をいつまでも愛して止まないだろう。これまでもそうであったように。

花のない季節

――嫁ぎゆく紀子に――

わたしの分身であるお前が
他の分身を求めてゆく
一となるために

一は三であり
一は無数であり無限である
お前はわたしのそれらの可能性であり
その象徴であり実証である

幸福であれ
あらゆる可能が必至であるために
一切の結合と分裂はよろこびであれ
いたみと苦痛はそのための擦過傷だ

わたしの分身であるお前が
他の分身を求めてゆく
一となるために

わたしは今お前に添えるなにものを持たない
お前そのものがわたしそのものであるからだ
わたしはまづしく
わたしは真実を生きる

さようなら
せめて佳き日のお前の髪を飾るため
父は花のない庭を見廻す
春来る前の花のない季節の庭を

さようなら

善意と信ずることの
美しさと強さを
お前の愛の深さにおいてあかしせよ

この詩は〈――嫁ぎゆく紀子に――〉とあるように、自分の娘が嫁いでゆく時に、父から贈る詩として作品化されたものである。

一連は〈わたしの分身であるお前が／他の分身を求めてゆく／一となるために〉と記される。嫁いでゆく娘の心境も、そしてそれを送る父親の心境もさりげなく歌われる。娘とその夫となる人とが一となるために、と。

二連はより鮮明に父の心境が語られる。〈一は三であり／一は無数であり無限である〉とあるように若い夫婦の一からの出発を祝っている。しかもかぎりない人生の歩みをも感じさせられる。作者は娘の人生に〈わたしのそれらの可能性〉を感じ、同様に〈象徴〉であり、〈実証〉であることをも感じる。

第三連において作者は〈幸福であれ〉と娘の未来を素直に祈る。これからの人生に様々なことがあるであろう。時に喜び、時に泣き時に悩むことを想いながら、〈一切の結合と分裂はよろこびであれ／いたみと苦痛はそのための擦過傷だ〉と励ます。厳しい父親だと思う。勿論厳しい面だけでなく、優しい面も十分あるのだが。

第四連は一連のリフレーン、このリフレーンは利いている。

第五連に於いて、作者は自己の姿勢を語る。〈わたしは今お前に添えるなにものを持たない／お前そのものがわたしそのものであるからだ〉、ほとんど解説を必要としない詩句である。そして力強く自己の有り様を語る。〈わたしはまづしく／わたしは真実を生きると。〉真実を生きてゆける人が一体どれほどいるであろう。たいていは自分をごまかして生きているのではないだろうか。この詩句はとても力強い韻を持っている。読者の胸にスッと入ってくる。

第六連では嫁ぎゆく娘に〈さようなら〉を告げる。〈せめて佳き日のお前の髪を飾るため／父は花のない庭を見廻す〉とあるように、花のない庭が出てくる。庭は朝に夕べに馴れ親しんだ庭である。嫁ぎゆく娘と共に眺めた庭でもある。季節は春来る前の頃、作者はきっと娘との来し方、行く末を感慨をもって思ったことであろう。

終連は感動的である。〈さようなら／善意と信ずることの／美しさと強さを／お前の愛の深さにおいてあかしせよ〉と語る。こういう父を持った娘は幸せだと思う。この詩を結婚式で朗読した人を私は何人か知っている。志の高い父と娘ではなかろうか。

辨慶思案の間

こまった
まことにこまった
ここに在って辨慶
思案投げ首

堀川の難はのがれたものの
悲運潜行いくやまかわ
ようようにたよりついた吉野も非
だが進退きわまったとは言うまい
言わせまい

吉水院奥書院に義経、静をおいて
障子一重の方六尺に三尺の間

吹雪にけむる谷をへだてて
大峰につらなる峯々を睨む
思うまい　昨日
憂うまい　明日
だが迷いは今に至る
拳《こぶし》をかためてこの迷妄を砕かねばならぬ
その拳がかたまらぬのだ

「辨慶思案の間」
名付けて妙
ぼくはその年古りた面取り柱を撫でながら
そっとつぶやく〝辨慶〟
そして〝静よ〟と

「辨慶思案の間」とは、吉野、吉水院の一間を指す。私も吉野に旅をして、「辨慶思案の間」を観てきているが、その時は義経や静のことなどあまり念頭になかった。その頃、私は『太平記』を読んでいて、私の関心は吉野の朝廷にあった。この詩を読むと作者は主に辨慶の心情に重きを置いていることがわかる。しかも単に通りすがりの一旅行者としてではなく、作者は辨慶そのものになりきっている。〈こまった／まことにこまった／ここに在って辨慶／思案投げ首〉と一連において辨慶は思案する。義経・辨慶主従は鎌倉の頼朝に追われる身である。『義経記』巻五には〈判官吉野山に入り給ふ事〉として語られている。〈堀川の難はのがれたものの／悲運潜行いくやまかわ〉とあるように、土佐坊による堀川の夜討にあったことが述べられ、その後、義経主従は都落ちし、吉野に逃れてくる。けれども吉野とて安住の地ではない。作者はそのことを〈ようようにたよりついた吉野も非〉と記している。そして〈だが進退きわまったとは言うまい／言わせまい〉と辨慶の決意が表出される。〈吉水院奥書院に義経、静をおいて〉とあるように、辨慶がどれほど義経を大切に思っているかが言外に読みとれる。〈吹雪にけむる谷をへだてて／大峰につらなる峯々を睨む〉はまるで舞台を観ているようである。辨慶の心境が次の〈憂うまい　明日／だが迷いは今に至る〉と記される。辨慶にしてみれば、義経と共に平家を討ち、勝利者としてあるべきはずの境遇であるのに、明日を憂えなければならぬ状況に追いこまれたのであるから無念と言わねばならぬところであろう。私は辨慶が思案するさまを〈拳《こぶし》をかためてこの迷妄を砕かねばならぬ／その拳がかたまらぬのだ〉と記した作者の手腕を見事だと思う。実に巧い表現である。終連において初めて旅行者の作者が顔を出す。〈「辨慶思案の間」／名付けて妙〉と。作者は〈面取り柱〉を撫でながら、辨慶や静の姿を心に描き、その名をつぶやく。

鬼ヶ城

鬼ヶ城とはよきかな
そびえたつ巌頭に立って
明けゆく熊野灘を見渡せば
われまた不逞無頼の海賊たり
千の鬼ども
百の軽舟
おのれは十の美女をはべらせ
この奇々怪々な岩塞に拠り
寄せてくるやつばらを蹴落とし蹴ちらす

みよ　この一キロに及ぶ大岩壁
恰好にしつらえられた無数の巨大な岩窟
東からくる奴は一人でたりる
西からくる奴も一人でたりる
上から火箭石箭を射かけようとも
海から来ても矢はとどかない
よじのぼる虫けらどもは鎧袖一触だ

難攻不落とはこのこと
ぼくは九鬼の鬼となる
だが十の美女どもが気にかかる
洗濯ものには鬼の洗濯場がある
だが落ちてくる水はチョロチョロ
これは女どもの専用としても
さてその干し物をかけならべたら

海上群がる敵からのぞめば
さぞや平家の残党ここにありと見えるだろう
それもこれも面白い
雨が降れば岩塞の奥
月明の夜は千畳敷
風が吹けば板戸でもたてるか
なにせ　寄せくる敵幾万ありとも
防ぐにさほどの人手は要らぬ

ここは名にしおう鬼ヶ城
上は猿戻り　下は九仭の絶壁
荒れ狂う熊野灘だ
あちらに鬼の見張場もあり
こちらに波切不動も祀ってある
だがまてよ
歴史のむこうから坂ノ上田村麿が現れたら

南無三　これは千慮の一失多蛾丸もどきに
おれは十の美女に未練を残し
あやつの矢に仆れねばならぬ
とは　さてもさても

何とも豪快な詩である。鬼ヶ城は熊野灘にある。私がそこを訪れた時、ガイドが鬼ヶ城の説明をしてくれた。その言によると、多蛾丸という不逞の鬼が鬼ヶ城を根城に各地を荒し回り、それをやっつけたのが坂ノ上田村麿ということであった。一つの桃太郎伝説を生んでいるとも話していた。それらの伝説を踏まえて、作者はイルージョン豊かに、詩「鬼ヶ城」を生んでいる。この詩を初めて読んだ時、作者の一面が出ていて、私は思わず唸ったものである。〈ぼくは九鬼の鬼となる〉ところが興味深いところであろう。この詩はあれこれ言わず、その豪快さを豪快さのままに味わえば良いと思われる。

以上六篇の詩作品の鑑賞を試みた。私には作者中山伸さんをテーマにした詩が何篇かある。後の頁〈五　中山伸に捧ぐ詩二篇他一篇〉にその作品を掲げておく。

二　中山仲の詩、その詩人格

私は自分と親交のあった詩人や歌人の作品の鑑賞を試みることに熱心である。そのテーマに、ぶち当たるまでは大変であるが、幸運にもぶち当たり、これだと思うと、あとは執筆するだけであるから、とても楽しい。作品の奥に感じる書き手の優れた精神に出会う時は、とても嬉しい。いわゆる『詩歌鑑賞ノート』として刊行したものが（一）から（十六）のそれである。私の二十代の終りの頃、国学院の愛知県在住の院友で出版していた雑誌「あゆちの朋」に「詩を愛した若者たちのシルエット」というエッセイを、連載したのが、執筆の嚆矢である。その雑誌をサロンの同人はもとより、その頃、親交のあった詩人に発送した。三、四十人の詩人に送った記憶がある。いわゆる詩集出版と違って、小冊子であるから、読後感など誰からも頂戴できるはずはなかった。発表した当の本人の私も、それを期待してもいなかった。そしたら、高名な詩人高田敏子先生が、礼状を下さったのには、驚いた。私が当時、高田先生の主宰する「野火の会」の会員であったせいかも知れない。その葉書には、こう記されてあった。

『あゆちの朋』ありがとうございました。「詩を愛した若者たちのシルエット」を早速　拝見いたしました。作品と作者と　あなたとの結びつきをたのしく、貴重にも思いました　次もたのしみにしております　このハガキずい分前にかきましたのに出すのがおくれました。

とあり、私はこの礼状を読んで、すっかり　気を良くした。そして、今度の例会には出席しようと心に決めたものである。私は大学が東京だったせいか、友人が東京に多くいて、職場が名古屋にあるのに、上京するのが、楽しみの一つだった。でも雑誌「あゆちの朋」への返事は、高田先生お一人かと、ちょっぴり淋しかった。そしたら、サロンの忘年会でお目にかかったことのある、亀山巌さんから読後感が記された葉書を頂戴した。亀山さんの葉書には、「大変ナイーブな文章です。私は若い頃、親しんだ詩人は、北村初雄です」と記されていた。亀山さんは当時、名古屋タイムズの社長さんをなさっていて、詩人、随筆家として高名な方であり、私のような、若輩者に、丁寧なお葉書を下さるなんて、と感激したものである。そんなことがあって、やっぱり、詩文は書いておくもんだと、自分なりに満足したものである。それから数日経った後、サロン誌の発行人中山伸さんから、詩集を送らせてもらったという挨拶状が届き別便で、詩集『座標』が送られてきた。奥付を見ると、昭和四十八年一月二十六日発行とあった。二百二十二頁の豪華本だった。早速読んでみた。とても読みやすく、まず一番に感動した詩は「深夜の詩話会」という作品だった。それで、私はサロン誌に、その詩を読んでの感想を発表した。サロン誌だと二頁分になったものである。その後、しばらく年月が経ってから、自分の勤務先の校内の文芸誌「竹露」に「詩歌鑑賞ノート　中山伸詩集『座標』を読む」を発表した。その頃の私の生活状態を振り返ってみると一九八〇年（昭和五十五年）、私の三十五歳の時、第二詩集『八海山』を出版したが、その後、病に倒れ、とても執筆活動など不可能で、校務をそつなく果たしていくことが、やっとの日々だった。やることと言えば、読書をすることだけで、それが唯一のなぐさめであった。第三詩集『貴君への便り』を刊行するまでの、八年間、創作上の大した収穫もなく、ただただ、桶に水を溜めこむことだけに勤しんでいた。いわば蓄積の期間であった。この充電の時が、詩作の上で大いに役だつこととなった。

　縁あって書道が好きな女性を妻に迎えたので、その報告を兼ねて、翌年の正月に年始のあいさつに伺った。それが中山さんとの最後の歓談の時であった。

平成三年、中山さんがお亡くなりになり、四年の後、私はサロン誌に中山さんの思い出を詩にまとめ、発表した。詩「地下街」である。

地下街

一人歩きの地下街で
あなたに似たがっしりとした肩の
後姿に出会った
私はふと歩みを止め
その人を目で追ったが
その人は雑踏の中へ消えて行った
その人が四年も前に死んだ
あなたであるはずがないが
私はいつかあなたと二人で行った
地下街の喫茶店に入り一休みする

ゆっくりとアイス・コーヒーを飲み
あなたのことを偲んでみる

私がまだ若かった頃
佐渡へ旅に出た夜のこと
恋に敗れ　打ちひしがれた胸のうちを
涙ながらに電話で語った時
――いかん　しっかりしろ
と怒鳴られたことがあった

ある晩秋の夕
妻と共にあなたを訪ね
香嵐渓の紅葉を私は語った
話題はその土地の南朝の武将
弓の名人足助重範に及んだ時
あなたは呟くように

――わずか二百か三百の手勢で笠置山の後醍醐天皇の所へ向かったんだから、恩賞め
　あてじゃなかったと思うよ
そんなことを話しておられました
あなたは明治生まれの人らしく
何よりも信義を重んじる人だった
そして　魂の美しいひとだった

あなたが亡くなられる一年ほど前
冬の寒い朝
あなたの病気見舞いに訪れた時
話題が芸術家の旅という話になり
――芭蕉が芭蕉庵にいて書物ばかり読んでいても　いい俳句は残せなかったと思う
　よ　感動を求めていい旅をしなきゃね
そう語って微笑んでおられた
その話を聞いてから
前にもまして　旅好きな私は

妻をともなってあちこちと旅に出かけた

私はタバコをもみ消すと
短い私の黙想を終え
店を出て地下街を歩き始め　思った
また一人歩きをしよう
今日のようにあなたに似た人に
出会えるかも知れないから　と

中山さんとの交友のほどを詩作化した作品である。「竹露」に発表した「詩歌鑑賞ノート」を、その後、更に加筆訂正し、二〇〇五（平成十七）年に、『中山伸詩集『座標』を読む』の決定版を刊行した後、私の思いは、中山さんの死後、古歌の句にある例の「亡くてぞ人の恋しかりけり」で、氏から学んだことを、噛み締めながら、再び、中山詩を読んでみたい。次の詩など、どうだろう。

或る日に

「心筋梗塞は冠状動脈の硬化から起る
冠不全が最も極端な形で現れたものだ
その個所によっては脳軟化ともなる。」
僕が開いている部厚い家庭医学書の一節だ
いささか冷房のきいた図書館の二階の
大きな東面の窓から汚れた青い空がみえる
吉川英治氏もたしかこれだったなと思う。

四階の社長室でK氏がいう
心筋梗塞はポンコロリだ
充分に気をつけなくては　と
部厚い眼鏡越しに目を光らせる
この気のおけない古い詩友も
近来いささか足が不自由なのだ

僕は南面の窓越しに都心のビル群を眺める

あまりごそごそ動かないで下さい
日曜大工などに汗をださないで下さい
安静第一と言われたじゃありませんか
午後の茶のひととき
対いの椅子から妻がなじる
たばこもなるべく吸わないで下さい
僕は北面のせまい庭の筋竹の葉が
かすかな風にそよいでいるのを眺めている

動きやまぬものが生であって
硬化梗塞は死なのだなとおもう
風の流れ　水の流れ　海流　日月の流れ
輪廻因果もいきているのだなとおもう
流動するものだけが尊いのだなとおもう

　この詩は四連から成り立っている。まず第一連から読んでいこう。ここでは作者中山伸氏が〈家庭医学書〉を読んでいることが、わかる。所は〈冷房のきいた図書館の二階〉ということである。氏が病に倒れた時、書かれたものである。〈心筋梗塞〉であったという。私が何故この詩に惹きつけられるかというと私自身も現在高齢になり、作者が病に倒れた頃と同じ年齢になり、病に倒れ、自己の人生について凝視する体験を持ったことに起因していると思う。この詩を読むと、氏は医学書に目を通した後、〈大きな東面の窓から汚れた青い空〉を眺める。そして思う。〈吉川英治氏もたしかこれだったな〉と。

　二連では〈四階の社長室でK氏がいう〉とあるように、病に関してのK氏との語らいが詩作されてある。〈K氏〉とは、当時名古屋タイムズの社長をなさっていた他ならぬ詩人亀山巌氏のことである。作者中山伸氏は、〈K氏〉のことを〈この気のおけない古い詩友〉と述べている。その、中山氏と亀山氏とは「新日本詩人懇話会」（昭和二十二年、高木斐瑳雄、伴野憲の二人も共に）設立以来のいわば同志なのである。もっと古くを遡れば昭和六年に創刊された詩誌「友情」の仲間でもあった。そして特筆しておかねばならぬのは、わが「サロン・デ・ポエート」（昭和二十六年創刊）の同人として共に生きた詩人であった。ある時、詩人中山伸氏が、詩人亀山巌氏の社長室を訪れ、一時を過ごしたとしても不思議はない。正しく〈気のおけない古い詩友〉なのである。

第三連では、中山伸氏は家庭での日々を語る。氏の病を心配して奥さんが氏を詰る。〈あまりごそごそ動かないで下さい〉と。続けて〈日曜大工などに汗をださないで下さい〉とも。さらにまた〈安静第一と言われたじゃありませんか〉と、氏が奥さんと語った〈対いの椅子〉も〈北面のせまい庭〉も、私には懐かしい。何故かと言うと、氏のお宅にお邪魔した折、私も腰を下ろしたことのある〈椅子〉であり、そこで眺めた〈せまい庭〉であるからだ。

そして終連では、作者は病を体験しての後の思いを冷静に確認する。

詩とは直接関係ないかも知れないが、氏の風貌は、私が若い時、あるパーティで一度だけ、お目にかかったことのある詩人神保光太郎氏にとても良く似た方だと思ったものである。詩誌「アルファ」の詩人黒部節子氏は、「中山さんは顔がステキよ」と何かの会合でご一緒した時、そうおっしゃっていたが、私もそう思う。先述の『詩歌鑑賞ノート（十）中山伸詩集『座標』を読む』の中で、その巻末に揚げた私の詩「深夜　詩集『座標』を読む」で、

あなたは

私のこれまでの人生で
最も素晴らしい人格の持主
あなた以上の人には
この先　もう逢えないだろう

と歌ったが、その思いは今も変わらない。この詩人と同時代を生き、氏との情誼に感謝の念で一杯である。私が病で入院した時、病室でお見舞いを受けた事、又、いつまでも一人身を続けていた私を心配して下さって、お見合いの相手を世話して下さったことなど、思い出せば、もったいない、愛情を感じてやまない。だから、氏を偲ぶ詩は何篇もある。私がご自宅を訪問し、その帰路、バス停まで見送って下さった。その着流しの姿が忘れられない。

ふたり

どうやら這い松地帯を抜けると

いよいよ石ころばかりの尾根だ
噴きあげてくる雲霧
金剛杖をたよりの妻が
よろよろと歩みかね必死についてくる
人影もない頂上への道
ぼくの心にふと二人の長い人生行路が
哀しい虹を描いた

奥さんとの〈長い人生行路が／哀しい虹を描いた〉と歌えるなんて、何か素晴らしく思えてくる。

ずっと若い頃、春日井建兄と詩談を交わした時、話題が詩人の気質ということになり、彼は私に「私は胸暖かい人より、胸熱い人が好き」と述べておられたが、私も全く同感で、その詩人格を中山さんに見て、サロンで何とか私は頑張ってこれたのだと思う。

三　中山伸の詩　『座標』以降　その（一）

中山詩について、これまで「中山伸詩集『座標』を読む」や、先稿の「中山伸の詩　その詩人格」で、私なりにその詩の世界を追ってきたが、本稿では、詩集『座標』（昭和四十八年刊行）以降の作品の中から、一、二篇を選んで、読んでいこう。

去来庵*もみぢ

四国の旅から帰った翌朝
わが家の　庭の楓の紅葉に目を見張った
青木と筋竹の緑にはさまれて

それはじつにいろあざやか
かの女は
遠いところへ行かなくっても　と
せいいっぱいの媚をみせている

讃岐から土佐へぬける
大歩危《おおぼけ》小歩危《こぼけ》の渓谷の晩秋を
車窓にめでてきた目にも
まぢかにみるかの女は陽をうけてまばゆいばかりだ

お前は　とわたしはつぶやく
去来庵からもらわれてきた子
おくさんが可憐な実生の苗木をくださったのだ
あれから十年

鉢植えから庭におろして

たどたどしい生長が気になっていた
いまお前はわたしの前に
満身の艶を誇らしくさらす

楓よ
おくさんはこのごろ病いがち
お前の一枝をたづさえて
あすはそのつれづれを訪ねよう

＊　去来庵　伴野憲氏のかつての山荘

この詩のタイトルは「去来庵もみぢ」である。去来庵とは、作者中山伸さんの青年時代よりの終生の盟友伴野憲さんの山荘の名である。

この詩は、伴野憲さんが一時期、即ち六十四、五歳のころ（昭和四十一、二年）、胃潰瘍をわずらい治療のあと、その山荘で自炊生活をしていたことがあり、そういった事情に絡ませての、作者中山伸さんと伴野憲さんとの交友の深さを伝える貴重な詩である。思うに、大正八年（一九一九年）、「感動詩社」を結び、刊行した短歌同人誌「曼珠沙華」以来、「独立詩文学」のち、「青騎士」時代を終え、「風と家と岬」が「清火天」と改題し、さらに「新生」へと発展し、戦後の「サロン・デ・ポエート」と強靭な結束をもって持続した長きにわたる、中山伴野両氏の情誼を、私は羨ましくも尊く思う。

詩作品、まず一連から鑑賞してゆこう。四国の旅から帰って来た作者は、翌朝、〈わが家の　庭の楓の紅葉に目を見張〉る。それは〈青木と筋竹の緑にはさまれて〉あり、その姿を、作者中山伸さんは〈じつにあざやか〉と感じる。そして〈庭の楓の紅葉〉を我が娘のように眺め、〈かの女〉と呼び、〈遠いところへ行かなくっても　と／せいいっぱいの媚をみせている〉というふうに受けとめる。〈媚をみせている〉は巧い表現である。作者の〈楓〉に寄せる深い愛情を伝えてやまない。

次の二連の四行には、四国の旅が語られる。つまり〈讃岐から土佐へぬける〉がそれであり〈大歩危小歩危〉の渓谷を歌う。『広辞苑』は〈大歩危小歩危〉をかく記す。「大歩危・大崩壊——徳島県西部、吉野川の上流、祖谷川との合流点付近の峡谷。小歩危とともに景勝をもって知られ、ここに発達する地層に見られる片麻岩は大歩危片麻岩の名で呼ばれる」と。その渓谷の晩秋をめでてきた目にも〈かの女〉、楓の紅葉は〈まばゆい〉ばかりである。

次いで三連で、作者は〈つぶやく〉。〈お前〉はと、〈庭の楓の紅葉〉に呼びかけて、その由来を確認する。それは去来庵からもらわれてきた子で、伴野憲さんの〈おくさんが可憐な実生の苗木をくださった〉ものだと。その時から十年の歳月が経っていると作者は語る。

そして四連。譲り受けた苗木を、作者は、〈鉢植えから庭におろして／たどたどしい生長が気になっていた〉と述べる。そして次のような思いを抱く。〈いまお前はわたしの前に／満身の艶を誇らしくさらす〉という感慨を。このことは、作者が盟友の奥さんより頂戴した〈鉢植え〉を長らくいとおしんできたことを言外に示している。

終連は美しく歌われている。このごろ病がちな盟友の奥さんの身を案じ、〈楓よ〉〈お前の一枝をたづさえて／あすはそのつれづれを訪ねよう〉と結ぶ。こんなふうに歌われた盟友の気持を察するに、私など、良き友に恵まれた人を、心から羨ましく思う。

この詩に歌われた去来庵の住人伴野憲さんは中山伸さんに、直接話しかける時、「ナーさん」あるいは「ナーさま」と話しかけられていたことを記憶している。中山さんは、名古屋の花柳界で楽しんだ人で、綺麗所から、そう呼ばれていたのである。親交を結んだ二人、伴野、中山両氏は、名古屋商業学校時代は、同級生であった。サロンの詩話会では、主に伴野さんの発言が多く、中山さんは鷹揚に構えておられ、静かに、出席者の発言に耳を傾けておられたのを思い出す。一言でいえば、中山さんは君子である。サロンの忘年会の折、私は興に乗って、〈からーかさのー〉と端唄を歌った時、「そうじゃない。こうだ」と端唄を披露されたことがあった。とても懐かしい。

昔、詩書画展を開催した時、中山さんのお嬢さんのエリちゃんが会場に現れ、言葉を交わし合ったが、エリちゃんの話では、中山さんは、別に厳めしくしていたわけではないが、家庭では静かで怖かったと話されていたのが、印象深かった。詩「残花」を掲げる。

彼岸もすぎ
秋霖もすぎ
ようやくかえってきた日本の空に
ふとみると
おくれ咲きの百日紅の残花　一点

ああ
遠い日の　とほいひとの唇が
おもい出もあせ

おもいもあせた紅　一抹
秋天のきわみにゆれている

四　中山伸の詩　『座標』以降　その（二）

中山詩には数多くの〈旅の詩〉がある。その何篇かを読んでいこう。

伊勢のジュン

ジュン　あなたのママの国ニッポンの
ここは祖神の森だ
この年古りた大杉の円柱に囲まれ
それに支えられたみどりのドームの下
簡素な白木のみやしろに神は在る

祭神は女性
アマテラス　オオミカミ

信じなくともよい
祭器は鏡
太陽崇拝
何よりも自然を尊ぶ民族だ

×

「赤福」の裏椽に並んでかけて
低い塀越しになだらかな山並みを眺め乍ら
ジュンは巧みな箸さばきで
あかふくを食べ香ばしい渋茶をのむ
その横顔の愛らしさ

×

ごらん
これが伊勢の海　志摩の海
あれは神島　あのあたり伊良湖
日本の海　日本の山々　日本の空
ジュンよ
あなたの母の国をこころに刻み
あなたの母の国を誇りとして
オハイオへ帰れ

×

この碧い水　真珠の海のもの
あの小さいみどりの島々は真珠のふるさと
そして

黒真珠は仕合せを招くというマスコット
このペンダントをあなたに贈る
もう一つはまだみぬ妹リンダに

この詩は昭和五十二年十二月二十日刊行のサロン誌一一四号に発表された中山さんの旅の詩の傑作である。愛する姪ジュンちゃんを伴って伊勢を訪れた時の所産である。ここには、作者の日本観が図らずも示されていて、興味深い。〈ジュン　あなたのママの国ニッポンの〉と、諭すようにジュンちゃんに語る。伊勢神宮での会話である。私も伊勢神宮へは何回も訪れたことがあり、この話を読むと、そうそうと、一語一句、頷ける。すなわち〈ここは祖神の森だ／この年古りた大杉の円柱に囲まれ〉た、簡素な白木のみやしろに、神は在るのである。祭神、天照大神という女神である。作者は自らに確認するかのように、その神は〈祭器は鏡／太陽崇拝〉と説き明かす。そしてわが日本民族を〈何よりも自然を尊ぶ民族だ〉と主張する。

次の連以降ではジュンの愛しさを述べ、そして、海、山を見晴るかすところから、日本の国の美しさをジュンの心に刻み込む。そして、真珠のふるさとの地に、真珠のペンダントを贈るところで、この詩を歌い終える。

作者には、ジュンを描いた詩が他にもある。それは詩「京都のジュン」である。ジュンちゃんを伴って、京都見物をする美しい詩である。この後、中山さんは、日本の奥深く、情趣に富んだ味わいのある世界を描いてゆくことになる。

冬

ことしの寒さはひどくこたえる　と
ある詩集の集りで臨席したその人が云う
七十年の甲羅を透かして
しみいる寒さはひとさまざま
顔見合せてわらった

二度とないその日そのとき
意識の襞かげにちらちらする明日なしの意識
なによりも静けさを

静かなときを
自分の目で見
自分の耳で聞き
自分のこころでたしかめたい
その想いが募るばかりだ

あしたに飲む一杯の清冽な水
夕べにこころあたためる琥珀の水
庭の片隅の蛇のひげ草の繁みにひそむ
瑠璃紺青の実のたしかさ

二月
雪の大原
寂光院の内陣に座って
ひとり六万躰地蔵尊を
しげしげとみあげている私

この詩を、中部ペンクラブ理事の久野治氏は、その著『続・中部日本の詩人たち』の中で、「その作品の素材において、又フォルムにおいて、それは完成された均整をわれわれに見せて」いると評し、また「強いていえば墨絵の世界に近い」と指摘している。サロン誌一七七号では次の作品を発表している。

傘寿

ついに傘寿を迎えました
われながら驚いております　と
年賀はがきに添え書きをする

実感はない
実感のともなわない実感に
戸惑っているという実感

これがまあ　という一茶のおもい
空中しばらくわれあり　という良寛の感慨　——
せまい庭の竹群れや楓の紅葉を眺めている
過ぎたと思う
何が過ぎたと反問する
為《し》遂《と》げたことはなにもない

中途半端が〝空中〟か
これがまあ私の傘寿か
机辺を整理して明日を探さねばならない

生涯、詩を愛した詩人の情熱に学びたいと思う。〈山かげの岩根もりくる苔水のかすかに我は住み渡るかも〉という良寛の歌について、氏と語り合った昔がなつかしい。

五　中山伸に捧ぐ詩二篇他一篇

挽歌・あなたへの手紙
――中山伸長老逝く――

あなたが亡くなってから一か月が過ぎました。いつか、こういう日が来るとは思っておりましたが、切ない思いに心が掻き毟られます。すでに天国に行かれたあなたへ向けて手紙を認めます。初めてお逢いしましたのはＹＷＣＡのクラブ室でした。風格のあるお顔が眼に焼き付いたものでした。私がまだ三十歳になるかならないかの頃でした。そんな若輩の私に対しても丁寧語で話されるのに驚かされました。丁度、その頃から些か気の触れたような詩を私は書き始めました。そうです。神社仏閣を訪ねる孤独な旅の詩です。その頃、詩話会で評されました。アベ君、こんな裃を着たような詩ばかり書いていたら、どうにかなっちゃうよと。職場の生活にも疲れ、また清らかな愛にも離《はな》れ、ボロボロの身になって、春浅い日本海の波を乙女丸というフェリーで越えて、佐渡へ渡った時の夜のことです。傷心の私は耐え切れず、あなたに泣き声でお電話したものです。いかん！　しっかりしろ！　と常ならぬ大声で元気づけて下さいました。その励ましの言葉で何とか自分を必死で支えることが出来たのでした。ある酒宴を張った折、人物画と風景画、特に草花の絵について雄弁に語られました。それはある画家の述べた話でした。人の顔は百人描いたらもう限界だが、草花は四季折々に姿を変えて美しくある。だから限界は無い、という含蓄の有る話でした。また一つ教わったと真実思いました。私が戯れに〈〳〵からかさの一、骨はバラバラかみゃ破れても一〉と端唄を歌うと、そうじゃない、こうだとお歌いになりましたね。花柳界ではナーサマという愛称で通っていたあなたですもの。以来、あの端唄が二人の思い出の唄になりました。ずーっと以前、三木露風の生地、龍野の国民宿舎「赤とんぼ」で、彼の地の詩人達と盃を傾け、楽しい夜を過ごしたのも昨日のように思い出されます。翌日は皆さんと姫路城を訪れましたね。あなたは時々立ち止まり、いつまでも風景を眺めていらっしゃる。そんなあなたの背や両肩がとても美しいものでした。岡崎のある女流詩人が、あなたの顔が素敵だと、お茶飲み話で言っておられましたが、私もそう思ったものでした。

詩画展が開催された時、あなたは私におじぎ草の植木鉢をプレゼントして下さいました。それは暗にこの草のように、〝常に謙虚であれ〟という心憎いばかりの教えと私は受け取りました。その折、会場に姿をお見せになった、とびぬけて美しいあなたの愛娘、エリちゃんとお茶をご一緒しましたが、厳格なあなたの父親像が浮かんだものでした。

私が病に倒れた時、心配そうに病室へ面会にいらっしゃいました。陽春《はる》だというのに冷え切った私の心は、ズーンと暖かさが広がったものでした。時折、思い出したようにお電話すると、そういうこと、そういうこと、と頷いておられましたが、その一言一言にどんなにか自信を深められたものか、今でも耳元に聞こえるようです。あなたがあなたの盟友Bさんと円頓寺商店街の通りを思わせるコーヒー・ショップでカウンターに向かい、歓談している姿がある夜の夢に浮かんでは消えたことがありました。昨年の正月に妻と二人でお邪魔した時、私の妻が刈谷の生まれと知ると、十七、八の頃、同人誌の印刷を刈谷の何とかいう所でやってもらっていて、あそこへは良く通ったよと、懐かしそうにしておられたことを思い出します。濃紺の着流しが良くお似合いで、それは初めてお宅へお伺いした十五、六年前も、やはりその着流しのお姿でした。あの時は高見順の詩について語り合ったものでした。お住まいの町名が柳町とあるように、今では無くなりましたが、大きな柳の木の小枝が風に騒いでいたことも忘れられません。そして最後の教訓はこうでした。芭蕉は芭蕉庵にばかり居て本だけ読んでいても佳い文学は生まれなかったと思うよ、感動を求めて旅へ出なければね、と。あれから私は妻を伴って良く出かけたものです。吉野へ多賀へ、比叡山へ、長谷寺へと。届いていたでしょうか、私の絵葉書。

　昨夜、中部詩人サロンの関係のアルバムを開きました。ある研究誌に〈風雪の人〉とタイトルされて、載せられていた端正なイメージがそこにありました。忘年会の時のスナップ。詩画展のスナップ。今年はあなたの米寿に当る年のはずでした。新年の挨拶にまたお伺いしようと妻と話し合っていました。あなたが毎晩、お酒を召し上がり、奥様がその傍に居て、お二人で静かに夜話をなさる。そんな噂をして、今年はまたどんな話をして下さるだろうかと楽しみにしておりました。去年は詩「獅子ヶ谷」の話をして下さいました。法然院の谷崎潤一郎の墓に詣でた時の感懐を作品にし、誌上で発表されたところ、谷崎夫人からお便りをもらったお話など、私達は楽しく聞いたものでした。法然院の近くの哲学の径を歩いたのもあなたのお話を聞いたからだと思います。晩年に〝充分生きたよ〟とおっしゃっていたそんなあなたの突然の訃報。

　あなたやあなたのお仲間に遅れて生を受けること四十年も後《おそ》し。あなたが詩「深夜の詩話会」*で淡々と呟いたように、今度は私が深夜、亡き人達に向けて呟くようになるでしょう。外は氷雨になって参りました。私の胸にも氷雨が落ちます。淋しくなったら、またお便りします。

＊詩「深夜の詩話会」は詩集『座標』に所収

深夜　詩集『座標』を読む

深夜の
ベランダ
ウッドチェアに腰かける
身を揺らせながら
タバコをふかしていると
何故か七年も前に亡くなった
あなたのことが偲ばれてくる

ある夏の夕

あなたの家を訪れた
小さな庭を眺めながら
あなたと差し向かいに
ラタンチェアーに座って
三島の『豊饒の海』について語り合った
私が「奔馬」が面白いと言うと
あなたは「天人五衰」がいいと言う
その時思った
二人の違いは
年齢から来るものだろうか　と
あなたは
ヨネ・ノグチを語り
谷崎を語る
そして
谷崎夫人から寄せられた
一通の手紙を披露してくれた

その青く細い
インクの文字が美しかった
人通りも絶えた
暗い道路を
私はチラッと見て部屋に入る
あなたの形見となった
詩集『座標』を本棚から抜き
机に向かって頁を捲る
吉野吉水院
弁慶思案の間
古い柱を撫でるあなた
湯谷温泉のほとり
板敷川の流れをみつめるあなた
京都　獅子ヶ谷
法然院の墓地で
傘を傾け

潤一郎の碑にうずくまるあなた
詩集の中から
その姿が
私の眼間《まなかい》に彷彿とする
明治・大正・昭和を生きた生命
その端正な詩魂の香りが
私の血脈に流れ込んでくる

あなたは
私のこれまでの人生で
最も素晴らしい人格の持主
あなた以上の人には
この先　もう逢えないだろう
みな寝静まった夜更け
〃ガンバンナサイヨ〃
というあなたの太い声が

聞こえてくる

ホタルが思い浮かべることば

マンション脇の道路を
車が飛沫をあげて
雨の中を走って行く
眼鏡をはずした私の目に
青い信号や白い街路灯が
二重にも三重にも写ってくる
タバコを喫いながら
ベランダから
それらをぼんやり眺めていると
あの人達の言葉が
自然と思い出されてくる

――アベ君の詩は古いですが、オーソドックスな手法ですね。
その言葉は　私の詩を評しておっしゃった平野信太郎さんの言葉だ　初めてお会いした時　そう激励された　鳥のように痩せていた方で　パチンコが好きだったという

――そんなふうなことなんですか。

ご自分が納得いかなかったり　思いがけない事に出くわしたりした時などは　いつもそうおっしゃっていた伴野憲さん　ウェーブのかかった白髪のダンディーなご老人

――アベ君、それはキミ、おかしいよ。
あの声は　中山伸さんの声だ　胸にしみ込むような声だった　おかしいことだらけの私はよく叱られたものだ　中山さんはタートルネックのセーターが好きだった

――士は愚痴をこぼさぬものです。ご注意あって然るべきこと。名前負けするな！
弱音を吐いた便りを差し出したところ　ご返事の中で記されていた叱咤激励の亀
山巌さんの私への言葉　タバコを斜に銜える姿がなつかしい

皆　天国へ行かれた人達
雨空の中から漏れてくる声々や
闇に浮かんでくる面影
一人ぽっちのホタルは
淋しさを灰皿の中に捨て部屋に入る

付記　ひとまず「中山伸の詩」のまとめを終えることとする。中山詩は、詩集『座標』以後、サロン誌に発表した作品が、三十篇近くあり、これらの作品は一冊の詩集がまとまりそうである。いつの日か、私はその遺稿集をまとめたいものと思っていることを述べてこの稿を終えよう。

Ⅱ章　伴野憲の詩

一　現代詩鑑賞　伴野憲の詩

詩人伴野憲氏の人と作品について、つまりその事蹟についてては、中部ペンクラブ理事の久野治氏が、その著『続・中部日本の詩人たち』の中で、〈円頓寺筋の詩人・伴野憲〉として、その大凡が語られており、非常に勉強になるが、久野氏が論じた事項と、出来るだけ重複することがないように、この稿には、第二詩集『屋根を越えていく風船』に、その出版当時、寄せられた書評を参考に、その作品世界を味わってみたい。

この詩集が発行されたのは、昭和四十九年七月一日のことである。奥付を見ると、発行者は中山伸とあり、発行所に中部詩人サロンとなっている。印刷者は不動工房の詩人平光善久とある。

この詩集の出版記念会を持つに当たって、その相談のため、サロンの同人、中山伸さんと佐藤経雄さんと稲葉忠行さんと私との四人、そして著者伴野憲さん、皆さんで、今はその建物もなくなった、地下鉄千種駅の隣にあった愛知会館のロビーに落ち合って、記念会の日付等、諸事を決め、開催する案を立てた。今、その記念会の案内状を見ると、発起人として、次の詩人たちの名を思い出すことができる。即ち、亀山巖、佐藤経雄、中山伸、平野信太郎、平光善久、福田万里子、森島信子の七人の詩人である。日時を詳しく述べるなら、昭和四十九年七月七日、午後二時から五時のことである。会場は先述の愛知会館である。

さて、この詩集の内容に触れるなら、1、2、3、の三部構成になっている。1は、昭和二十年代、2は、昭和三十年代、3は、昭和四十年代、と各年代で編集されてある。各年代別に読んでいこう。昭和二十年代より、次の詩に注目する。それは言わば、〈元帥〉ものといっても良い詩で四篇もあることである。詩人森島信子氏は、サロン誌一〇一号において、「屋根をこえていく風船」寸感、と題して、次のように述べている。その一部を引く。

――過日若い人に、サロン・デ・ポエートを見せたら伴野氏の詩は現代詩だと評したがこうしてまとまった作品を拝読して成程と思う。……その中でも、「銭湯と元帥と私」を愛読する。

自分が元帥から感受したものをさらに覗きこんでみる、氏の無邪気な心が元帥とのびやかに会話していて、書きたい元帥のイメージをおおいにふくらませていてすばらしいと思う。全体を貫いているのは元帥に象徴される作者自身と重なりあう戦争体験者の孤独の意識であると思う。

と記し、「何気ないようでありながら厳密きわまる抒情の選択は、長い間の制作の積み重ねを経た詩人のみが獲得するものであると思う」と評している。その名詩を掲げよう。

銭湯と元帥と私

元帥はデコレーションケーキをつくる中年の職人
年々のクリスマスがくるたびに
握ったエッチンの先から
赤や緑の美しい幻想を描いていた
いまはかくれもない精神分裂症《きちがい》の現役で
だれひとり立ち向かう勇者とてない

元帥とは　わたしが呼びかける尊称
それは
大将の一枚うわての飛び切りといって

街でのご散歩を見かける
銭湯でのご入浴で会う
今夜も
元帥はわたしにピョコンと頭をさげる
着衣は老兵のオンボロで
なおも元帥の
うらぶれた威厳に忠誠を尽している
奇妙な臭気をともなう
その異様な出現に
いち早く相客たちの自衛芯がうろたえる

元帥よ

いつもの電気按摩《バイブレーター》はすみましたか　と
わたしが呼びかけると
あっ　忘れて服を着てしまった
もう一度脱いで　やったらどうです
元帥は至極ご満悦で　何とも小気味よい独り笑い
天上天下に
これほどうれしいことがまたとあるかと
咽喉《のど》にひっかかった引き声は
ひっ　ひっ　ひっ　と
いつ止むともなく打ちふるう
相客たちはあとすさりして
この孤独の円心から拡大する笑い声

元帥よ
お正月がくるのでそんなにうれしいの　と
呼びかけると

元帥は一瞬　キッとなって
いや　その前にクリスマスがくる
そしてピタリと笑いを止めてしまった
そうだ
元帥が終戦いらいはかない夢をたのしんだ
お菓子のクリスマスが――

わたしたちを取り巻いた相客たちの中から
精神分裂症がまた独りふえたと聴えてくる
元帥よ
わたしをあなたのようだと言っていますと
すると
元帥はニタリと深長な眼光でわたしを撫でまわし
いきなり鏡の中の二人へ向き直った
そこでは二人とも憂き世離れがし
鏡だけがいっぱい涙をためていた

この人間味あふれた眼差しをもって著された〈元帥〉ものは、作者の人柄を感じさせ、私にはとても懐かしいものがある。何回か訪ねた円頓寺のご自宅界隈、そして描かれた銭湯での元帥のイメージが慕わしい。昭和二十年代といえば、私がまだ幼児期であって、故郷新潟で暮らしていた頃のことである。〈元帥〉ものの詩「元帥と胸の勲章」では、その冒頭、

元帥は家持ちだが
つぎつぎと　家財を売り尽し
縁板は燃料　畳をやっと三畳の
不精《ぶしょう》の城に立てこもる

の如く、庶民のほのぼのとした情感を歌い上げて、山中散生氏の指摘するように、一種郷愁にも似た感銘をおぼえる作品世界である。

次いで、昭和三十年代の作品を読んでいこう。

楽人の孤独

――薬師寺にて――

大和路は雨にけむる
暖かい
初頭のある日

金堂の軒先で
遠い日の静かな雨を聴いている
大地の底へ吸いこまれていく協和音
白鳳の昔
薬師三尊のささやきの中へ
ひそかに消えていった音楽
いまも消えていく音楽を

東塔は雨に

三重ねの瓦をぬろう
裳階《もこし》のくびれ　円柱のふくらみ　丹塗りの姿
精麗な孤独の楽人は
さっきから千年の時間を吹奏している
相輪《そうりん》の伸びあがったてっぺんで
水煙《すいえん》が雨にけむる
風に舞う美しい雲に乗って
笛を吹く童子たち
そこから　雨とともに降りてくる飛天の妙音

金堂は雨にやすらぎ
如来の薬師のおん顔　仮面を脱ぎたもう
三尊　おくつろぎたもう
ほの暗い空間に　薬師屁をひりたもう

副題に、薬師寺にて、とあるが、私も以前この寺を詣でたことがある。『広辞苑』では

〈薬師寺〉を次のように記す。

〔薬師寺〕①奈良市にある法相宗の大本山。南都七大寺の一つ。六八〇年天武天皇の発願以後、持統・文武朝を通じて藤原京に造営されたが、平城遷都後、現在地に移る。七三〇年（天平二）造立の三重塔（東塔）を始め、金銅薬師三尊像・金銅聖観音像・吉祥天画像など白鳳・天平時代のすぐれた仏教美術品を蔵す。

詩「楽人の孤独」で描かれた寺の世界を味わってみたい。一読して巧いなぁと思う。薬師寺へはかつて私も訪れたことがあるが、その時、私が感じたものは、やたらとここは、参詣者でごったがえしている所だなぁと感じただけで、作者がこの詩に描いたような、〈薬師三尊〉の姿を感得することはできなかった。この詩を読んで感じたことは、なるほどこういうふうに詩作するんだなと心に刻まれた思いであった。特に作者の個性が光っている詩行は、終連の四行である。解説はとても難しい。同様なことは、昭和四十年代の作品においてもそうである。比較的、短い詩を揚げよう。

はてしない癖

お前体が弱いのに　と
いつも気遣わしげにつぶやいていた
おやじさん　おふくろさん――

けし粒ほどにも遠い昔
酒に青春をひたしては　酔中の虹
くゆらし紫煙に爪を染めては
渋さを競いあう仲間
やくたつもないわたしに
もう半世紀をつき合った六つの癖
体が弱いのに　と
あたたかくつぶやきながら――

〈けし粒ほどにも遠い昔／酒に青春をひたしては　酔中の虹〉とある作者の若き頃につい

ては、詩集『街の犬』を読めば理解できるわけだが、ここでは触れない。先述の〈円頓寺筋の詩人・伴野憲〉（『続・中部日本の詩人たち』）で詳しく語られているので。けれどどうしても触れねばならぬ一文がある。それは詩集『街の犬』の〈跋〉である。書き手は盟友中山伸氏である。伴野氏の若い頃の人と作品について〈君は元来寡黙、時によく対座する者の舌を奪う多弁家であるが、それは稀だ。いつも君はよく考え、そして行なう。信じたことはどこまでも仕遂げずに置かない。気迷れと感情的言動は君の嫌うところ。線が太い！一部の人に傲慢の感を与えているのはこの不羈な意志と、寡黙の所由であろう。／所謂、多感な詩、或いは霞のかかった情緒の詩は君に求むべきものではない。ここには圧縮された感情が、床下を匍う火のように、あるいは地熱のように熱く焼きつくしてはいるが、決してそれは、目に見える炎々たる焔ではない。風に狂う焔ではない。みずからは石の如く、しかも熱火を蔵するもののように、君の詩は深く、そして熱い〉と述べている。詩集『街の犬』以後、次の第二詩集『屋根を越えていく風船』の上梓に至るまでの詩人伴野憲氏の軌跡については、杉浦盛雄氏が著した『名古屋地方詩史』に明らかであり、久野氏の著した『続・中部日本の詩人たち』にも論述されている。第三詩集『クルス燃える』（昭和五十年刊行）については、私がその鑑賞ノートを記しているので（二〇〇〇年十一月刊行）、それについては、別の項で揚げる。

この『屋根を越えていく風船』の出版記念の当日の模様について、述べた福田万里子氏の一文を揚げて、この項のまとめとしよう。

出版記念の会場で〝ちらし〟を貰った。ガリバンでプログラムを刷った小さな紙片だった。裏をひっくりかえしたら、曰く

元浪漫的、人生派的、無目的、旦那衆的、原罪的、叙情憧憬的、社会正義派的……など、びっしり書き込まれていて、それは紙片のレイアウトでもあり、同時に今日の主人公の意味にもつながるようであった。

紳士風的、独尊的、長老的、虚妄的、長談議的、棺桶恐怖症的、焼物的、蒐集的……

あとでこれを作成されたのは長男の亘邦であるとおききした。

肉親からみた長年の分析が、ともすると他人の網の目からは、まあ、まアと多少の礼儀もあって、ついひっこめがちな細部にいたるまで容赦なくあげつらねてあるところが痛快でもあり、これは或る意味では最も率直な作品評だと思ったりしたものだった。

猫柳的、夜陰的、居留守派的、頂戴的、虚弱体質的、八方美人的、無的。

切りこみの多様性は、父を想う肉親の反発でもあり、切実なあたたかさでもあろう。おそらく実行には一番むづかしいと思われる八方美人的という言葉も、無的であるゆえに成立する。（後略）

二　詩集『クルス燃える』の鑑賞

詩集『クルス燃える』は伴野憲氏の第三詩集である。これほど熱っぽい詩集を私はいまだかつて読んだことがない。その「あとがき」には「もと、これらのものは作詩時に前後の違いがあり、それぞれ独立の十篇である。ところで、本集を編むに当たり、各篇の内容に沿い配列の順を整えてみたら、その趣は叙事詩に変身するかの感を抱く。私自身それを意図したのではないが、ある一時期のモチイフが作品になると、たとえそれが散発的な所産であっても、主題化するということであろうか。そこで本集を〈クルス燃える〉と名付けることにした」と記されてある。

著者は詩集『クルス燃える』は、「あれは人間を書いたのだ」と、つねづね言っておられたが、一読して大変熱っぽい語りに圧倒されるのは、やはり、〝生〟と〝死〟という重要なテーマが作品全篇に貫かれているからであろう。

冒頭を飾る作品から読んでいこう。

ある昏迷

寺や社をぶっ壊し
仏像は荒なわでしばる
村や里を駆けまわり
馬の背に集めた三駄　五駄　七駄
それらを片っぱしから川へ投げ込む
鍋釜の尻の下へ放り込む
眼っざわりじゃ
それ土左エ門ぞや
それ　火炙《あぶ》りじゃー

領主様からお許しが出たとよ

そうじゃ領主様お手ずから
立盤神社《たていわさま》に火をつけなされたとよ
やがて　夕やけ雲が
夜に包み込まれるころ
あちこちの森から吹きあげていた黒煙は
空をおおう紅蓮の炎
あれは　みろく寺　西芳寺
こちらは八幡社　神明社
パードレたちの改宗の勧めに
狂い信者の噴きあげる沖天の火ばしら

自分を生み　育ててくれたふるさとを
足蹴にする一群れ　また一群れと続く
もはや　熱風叫喚《ねっぷうきょうかん》の奔流っだ

おやじ様や　おふくろ様の

拝まっしゃったみ仏の像をば……と
ことばにならないことば
走る一群れの先頭に立つ若者パウロ五助は
古いきずなを断ち切ろうと
デウスの救いの絶対を信じながら
いま　自分のしている行いの中で
昏迷の炎の中へ倒れていく自分の真実を見失う

こまぎれに刻まれる熱狂に酔う
肉が焼ける　脂肪《あぶら》がしたたる
白い歯をむき出す骨までが
泡立ち　走る自分に酔う
あれら　偶像が外道《げ》か
さておのれ外道か……と

天主教が人々の間に浸透していく様相が、まず語られる。レトリックといい、内容といい第一級の作品である。〈寺や社をぶっ壊し……〉から〈……空をおおう紅蓮の炎〉までに至る前半の部分は、あるいはここに描かれたような状態だったのかも知れない。読んでいるという実感させる詩的真実がある。〈自分を生み　育ててくれたふるさとを〉以下、〈いま　自分のしている行いの中で／昏迷の炎の中へ倒れていく自分の真実を見失う〉までは、作者の胸熱い吐息（吐息では迫力の無い表現だが）である。私はここで宗教と言うものについて考えさせられる。神道、修験道、仏教、キリスト教、日本には様々あるが〈神〉とは〈恐れ〉から来ていると、ある詩人から聞かされたことがある。特に日本の神はそうである。誰々を祀った宮というふうに。日本に伝道した天主教はいわゆるイエズス会（別称、耶蘇会）で、この教団はプロテスタントに対抗し、ローマ・カトリック教会の発展をはかるため、スペインのイグナティウス＝デ＝ロヨラらが一五三四年に結成し、四〇年にローマ教皇の公認を得た教団である。詩作品から少し話がそれるが、その頃のキリスト教の伝播について調べて見よう。何故かと言えば著者が詩集『クルス燃える』を生み出すに当たって学んだ文献に多少は触れる必要があろうかと思うからである。

『詳説・日本史』（一九八七年四月十日　山川出版社）にはザヴィエルのコースが記されている――「中央布教をめざすザヴィエルは一五四九年八月（天文二十八年七月）、鹿児島に来たのち、五〇（天文十九）年に平戸・山口をへて京へ向かった。しかし、叡山では登山をことわられ、京都では将軍に面会できず、いったん平戸へもどった。一五五一（天文二十）年ザヴィエルは再び山口へ行き、領主大内義隆の保護を得て布教に従い、九月には大友氏に招かれて府内を訪れた。ザヴィエルはやがてインドに帰るため十一月に出発するが、彼が、京都をめざしながら、情勢不安定で目的を達しなかった」とある。

また同書にはその頃のキリスト教の伝播にふれてこう記してある。「ザヴィエルのころ、キリスト教の信者は千人ぐらいになったかと推定されている。それが一五八二（天正十）年には十五万人という驚異的なのびをみせた。その原因の一つはザヴィエルの後継者が教勢拡大に務めたためだが、特に巡察師アレッサンドロ＝ヴァリニャーニの功績が大きかった。ヴァリニャーニの時代に都区・豊後区・下区という三布教区が設定され、ここに教会堂・学校が盛んにつくられたのである。一五八二年の十五万人という信者は都区二・五万、豊後区一万、下区十一・五万といい、九州地帯が圧倒的に多い」と。

詩作品の方へ話を戻そう。パードレたちの改宗の勧めに、寺や社をぶっ壊すことも多々あったようである。後に出るバテレン追放令にはその第二条に信者が神社仏閣を破壊することをとがめている。〝貧しき者、幸あれ〟と説く神の教えが、戦乱につぐ戦乱の世の救いのない社会状況の中で、人々が安心立命の出来うる教えを求めたとしても決して不思議はない。津本陽氏の長篇小説『下天は夢か』を読むと、宣教師フロイスが、一五六九年、信長に謁見し、宣教師の京都居住を許可する件が描かれているが、叡山を焼き打ちし、徹底的な無神論者であった信長が何故天主教を迎え入れたのであろうか。どうも海外貿易を考えていた彼は、いずれ使える、と思っていたのであろう。それともう一つ考えられるのは石山本願寺の強大な仏教王国を叩き潰す為にその対抗馬として、悪くとれば利用した節も考えられそうである。一五七六年、安土城が成ると同時に、京都南蛮寺を建立している。そして三年後には、オルガンティノに、安土に教会建設を許可している。〈狂い信者〉はここにますます増加していくことになる。その後三年を経て、歴史上、名高い天正遣欧使節が送られることになる。大友・大村・有馬氏が少年使節をローマへ派遣させている。そういった潮流の中、詩集『クルス燃える』の作者は、ある村里を設定する。天主教が伝道される以前、日本人の精神世界の核となっていた教えは、神・仏・儒の教えであろう。作者はそれらを捨てて行く若者パウロ五助を登場させる。〈古いきずなを断ち切ろうと／デウスの救いの絶対を信じながら／いま　自分のしている行いの中で／昏迷の炎の中へ倒れていく自分の真実を見失う〉と描く。ここに作者の宗教観が伺える。若者パウロが神・仏・儒の深い教義を極めた者であるはずがない。無知で善良な一農民に過ぎない。パードレたちの説く天主教を仰ぎ、そして信じ生きる。私は宗教書に親しむことは度々あることはあるが、絶対視は出来ない。〈デウスの救いの絶対を〉全身で受け入れることの出来る人々を羨ましくもある。絶対など存在するのだろうか。作者は詩「ある昏迷」の最後に〈あれら　偶像が外道か／さておのれ外道か……〉と結び、読者に大きな問題を投げかけている。

続いて詩「激動の中で」を読んでいこう。

激動の中で

弥六はひとり塊りの陶土《つち》を轆轤《ろくろ》の上に置いた

キリシタン陶工十右エ門は
京の南蛮寺の華麗さに夢ごこち
オルガンの妙音に　天国へ誘《いざな》われた
アンジェルスの鐘たからかに鳴り渡る高槻城でのミサの感激
城主高山右近から茶碗の切形《きりかた》を受けて美濃へ帰ると

重いやまいに身を横たえた　弟子の弥六に
〈ユスト右近様の　たってのお頼み
　わしに代って　みごとな仕事をしてくだされ〉
あれから
ここ　東美濃《ひがしみの》久々利の山で
卒然として十右エ門がパライソへ召されたのは先月のこと
仕事場の外はすだく虫の音もすでに衰えて
水車はカタンカタンと　春を呼ぶ
狼の遠吠えを払いのけるかのように
弥六は裸火の灯芯《ほしん》をかきあげ　静かに呼吸を整える
轆轤《ろくろ》に右手がかかった
かすかな回転音
陶土は生き生きと　外へ広がり　内へ締まる
回る　回る　弥六の手に
陶土は踊り　陶土は伸び　轆轤は回る
一つ　続いて一つと形はできあがる

まず半筒に
つぎに手作り
口の形を三角に　それにしたがい三角立体
篦《へら》で胴回りの陶土をそぎ
伏せて高台　高台脇の肉を取り捨て
最後に高台をサッとひと掻き
できたッ
弥六に襲いかかる疲労と孤独
〈師の十右エ門様は
　いまはデウスのみもとに……〉
眼まいの幻覚に向かい両手を差し伸べる
年を越して高槻城内
〈古織どの　ようこそお越しを……〉
〈いやいやなんの　美濃からまいった黒茶碗拝見のお招き　まことにありがたいこ
　と〉
茶室の床には

サンタ・マリアの渡来像
ユスト高山右近の点前《てまえ》で
古田織部正はなごやかに喫茶を終り
しげしげと黒茶碗に見入る
口作りの三角形は
三位一体のクリストの教義を顕《あらわ》し
また　クリストの教えをたれた丘のある
パレスチナのゲネザット湖の形になぞらえ
黒地に白抜きの大らかなHの字はクリストの意
二人の語らいは　教義の意匠化について尽きるところがない
〈立派なできばえ〉古田織部正はうなる

窓の外　露地に人の気配
〈申しあげまする〉
高山右近の家臣は

あわただしく織田信長の火急の呼び寄せを告げる
〈備中毛利攻めの思わしくないおり〉と古田織部正
〈戦国〉と高山右近
天正十年のはつ夏
しばし二人は顔を見合わす

この詩には、前半に於いて、キリシタン陶工十右エ門とその弟子弥六が登場する。舞台は先に述べた京の南蛮寺と高槻城が想定される。高槻城とはキリシタン大名、高山右近の城である。遠藤周作氏の小説『反逆』には、戦国を生きる高山右近の苦悩が描かれているがその城主から受けた陶器を製作するため、今は亡き師の意志を受け継ぎ、弟子の弥六は陶器づくりに全身全霊を注ぎ込む。ここで注意せねばならぬのは、陶芸に関する深い知識が無いと、この場面はとても描けない。そしてまた、一人の男、というより芸術家が、見事な仕事をしようと、没頭する、いや生きるその真摯な姿勢は、読者をして非常な感動を呼び起こす。東美濃久々利の山の仕事場で、轆轤に手をかけて良い仕事を営む孤独な生き様は、詩を作る我々も大いに学ばねばなるまい。創造とは誰の助けも得られない、実に孤独な営為であろう。

後半は高山右近と古田織部正の語らいが描かれる。キリシタン大名高山右近、この時点ではまだ秀吉から改宗を迫られてはいないが、『歴史ものしり百科』（三公社刊）に依ると、後、改宗を迫られ、応じなかったことから、城地を没収され、前田利家のところに居候していたという。「家康が天下をとった後も、キリシタン禁止はつづき、それは秀吉時代よりさらにきびしい弾圧例となる。一六一四（慶長十九）年、転宗を聞きいれないキリシタンたち百五十人が、長崎に来航した二隻のポルトガル船に分乗させられ、フィリピンのマニラと、マカオに追放される。その中に右近もいた。秀吉から最初の追放を受けてから、七年後、右近は六十二歳になっている。異国への流刑者として、右近は肩身のせまい思いをしてマニラに上陸する。ところが、キリスト教の勇者として、右近ら一行はマニラ政庁の大歓迎を受け、マニラ市に入ったとき、礼砲が鳴らされ、教会の鐘は高らかに鳴りわたったという。そして、サン・ミゲルにつくられた日本人町に移り、静かに世を去った」（『歴史ものしり百科』）のは後の話。今東光氏の小説『お吟さま』を読むと、秀吉と右近の精神的葛藤が描かれていて興味深い。このようなことは詩作品とは直接関りが無いといわれそうだが、詩作品に登場する人物が如何なる人物であるかを知らなくては正しく詩作品を鑑賞したことにはなるまい。そして古田織部正である。年代的に言えば、「安土桃山時代の茶人。茶道織部流の祖。名は重然《しげなり》、美濃の人。千利休の高弟。初め勘阿弥と称し、豊臣秀吉につかえて同朋。関ヶ原の戦後、徳川家康に通じたが、大坂の役に西軍に通じたというので死を命じられた（一六一五年）。今に伝わる茶器の織部焼きとは古田織部の指導の元によると言われる」（『広辞苑』）

詩作品「激動の中で」へ話を戻そう。弥六の作ったキリシタン茶碗を中に、高山右近と古田織部正の静かな語らいの時が描かれる。作者は詩集「あとがき」の中で、

……集中の「激動の中で」という作品のキリシタン茶碗については、キリシタン研究家で〈北海道キリシタン史資料〉の著者泉隆氏が私の所蔵する黒おりべ茶碗を考証されて、中日新聞（昭和三九・二・二三日夕刊）に「キリシタン茶わん」のタイトルで詳細を発表された文献のイメージによったもので、それをここに明記する。

と述べているが、鑑みるに、詩の後半に見られる件、詩句が重複するようであるが、

年を越して高槻城内
〈古織どの　ようこそお越しを……〉

〈いやいやなんの　美濃からまいった黒茶碗拝見のお招き　まことにありがたいこと〉

茶室の床には
サンタ・マリアの渡来像
ユスト高山右近の点前《てまえ》で
古田織部正はなごやかに喫茶を終り

この詩句は、ぴたりと重なり合う。〈古田織部正〉は他ならぬ泉隆氏であり、〈ユスト高山右近〉は、作者伴野憲氏に間違いなかろう。

芸術、もしくは学究の朋が邂逅し、この詩で言えば、陶芸というもの、あるいは鑑定というものを通して、男同士が語り合った一刻は、どんなにか楽しかったものか、また後になっても印象深く思われ、互いの心に残されたこの日の思い出は、終生わすれ難いことと思われる。

そして結び。〈天正十年のはつ夏／しばし二人は顔を見合わす〉と記す。天正十年と言えば、六月に本能寺の変が起きている。作者の中でも徒《あだ》ならぬ〈戦国〉が在ったものと想像出来る。

三篇目の詩へと進めよう。

絵凧

京の上京　一条の辻で
みなの者といっしょに
左の耳を殺がれた十四歳のトマス小崎は
〈お役人さまこころゆくまでお仕置なされ
　よろしかったら　右の耳もお切りください〉
それから
十三歳のアントニオ
十二歳のルドビコ茨木たちと
三人は　一束《たば》のうしろ手縛り
見せしめのために
底冷えの街々を

大八車に乗せての引き回し
縛られながらも寄り添ういじらしい少年たち
その血ぬられた耳跡のむごたらしさ
軒先に立ち見守る人　道ゆく人は
ただジーンと胸がつまる

初めの一夜は大阪の牢
ここで二人を加えて一行二十六人
天正禁令の縄目の痛苦は
処刑地長崎へと泊りを重ねていく

いたいけなルドビコ茨木をひと眼みるなり
長崎奉行は言う
〈どうじゃキリシタンを棄てないか茨木
　さすれば助命
その上武士に取り立ててやろうぞ〉

意外　答えは水と流れる
〈お奉行さま　あなたこそキリシタンに……
そしていっしょにパライソへまいりましょう〉

殉教――その日
海に突き出た小高い丘　西坂に
横一列二十六の十字刑架が並んだ
頭上では　さっきから祝福の笛を吹き鳴らす鳶
斜面に広がるタンポポの輝く黄金色
二月のさわやぐ風と空と岬――

刻一刻と　近づき迫るものへ
役人の槍先がキラキラと動きはじめる
〈おんちち　おんははさま
人の世の泡陰に耐えてください
ひと足先にパライソへまいります

おとおとよいもおとよ
　信仰を棄てないように……
　デウスさまお守りください〉
自分自身の十字形架の前に跪く少年たち
急にざわめき立つ群集
ふとルドビコ茨木は顔をあげて役人にいぶかる
〈なぜわたしたち子どもの十字形架だけ
　小さく造ってありますのか〉
役人はその言葉の明るさに身震いし
その澄んだまなざしに顔をそむける
玲瓏とした青い空だ
パライソだ
竹矢来の外
向こうの空に絵屝が三つ動こうともしない

時代は移り、為政者は信長から秀吉の世になる。『新詳説・日本史』（一九九〇年四月十日発行、山川出版社）によると、一五八七（天正十五）年六月十八日、九州征伐の途にあった秀吉は博多でキリスト教の禁令十一条を発したが、その中で大名やその家臣たちが入信することを許可制にした。その理由は、かつての一向宗門徒のような性格をおびる危険性があるからだというのである。ところが翌十九日になって、突如宣教師の追放令が出た。令は五条から成る。第一条はキリシタン国（イスパニア・ポルトガル）からキリスト教を伝えることを不当とし、第二条は詩「ある昏迷」に見られるとおり信者を獲得し、神社仏閣を破壊することをとがめるとともに、次の条文がつづいて給人（戦国時代、大名から恩給を与えられ家臣化した在地武士）が領地をイエズス会に与えることなどを暗に否定している。「国郡在所知行等給人に被下候儀者、当座之事候。天下よりの御法度を相守、諸事可得其意処、下々として猥義曲事事」。第三条はバテレンの二十日以内の追放。第四条は貿易の許可、そして第五条は次のように商人来往の自由を述べている。「自今以後仏法のさまたけを不成輩ハ商人之儀ハ不及申、いづれにしてもキリシタン国より往還くるしからず候条、可成其意事」。

これらの歴史的背景を踏まえ、詩「絵凧」を眺めて見よう。〈殉教――その日／海に突き出た小高い丘　西坂に／横一列二十六の十字形架が並んだ〉とあるように、これは、サン＝フェリペ号事件に端を発した有名な二十六聖人殉教を描いているのである。「一五九六（慶長元）年八月、土佐の浦戸沖に二百人が乗り組んだイスパニア船サン＝フェリペ号が漂着した。一行のうち四名は伏見城に行って秀吉に謁し、その保護を求めたが、秀吉は増田長盛を送って調べさせ、百三十万ペソ（一ペソは銭三十匁余だから約六十五万両になる）の積荷を没収した。ところがこの時、水先案内のフランシスコ＝デ＝サンダが失言し、〈イスパニアはまず宣教師を送りこんで信者をふやし、ついで軍隊を送って征服する〉といって、地球儀でイスパニア領の広大さを示したという事件が起こった。一説によると、イエズス会宣教師がフランシスコ会宣教師を誹謗したこともあったといわれるが秀吉は十月、フランシスコ会宣教師六人と日本人信者二十名を京都・大坂で捕え、長崎に送った。同年十二月、それら二十六人は長崎浦上で磔刑にされた」（『詳説・日本史』）

信長が門徒衆に手を焼いたように、秀吉もまた天主教に手を焼いたようである。詩「絵凧」は京でのキリシタンへの迫害の様から語られる。純真に神の教えに身を投げ入れた三人の少年達が主人公である。左の耳を殺がれ、見せしめのために引き回しの憂き目に会いながらも、なお、信仰を棄てない。信じるということはかくも強いものかと感嘆させられる。それと同時に如何に人々が生きる精神の拠り処を渇望していたかということも考えさせられる。処刑地長崎への泊まりを重ね、場面は長崎と移る。実に巧みな表現手法でルドビコ茨木と長崎奉行の応答が描かれる。改宗の勧めに、〈お奉行さま　あなたこそキリシタンに……／そしていっしょにパライソへまいりましょう〉とルドビコ茨木はさらりと言ってのける。会話文を巧みにはさみ込み、天主教を信じ込んだ高貴とまで言える少年の魂が放つ言葉を作者は優しく記す。殉教、作者は海に突き出た小高い丘に並ぶ十字形架を設定し、天空に舞う鳶やタンポポの風景描写を書き記すことを忘れない。このあたりは、うまいなーと溜め息が出る。処刑の刻が訪れる。処刑される少年の最期の言葉〈おんちちおんははさま〉から〈信仰を棄てないように……／デウスさまお守りください〉に死をも恐れぬ強い信仰心を見る。再び信仰ということを考えさせられる。教えの道は違うが、以前、真継伸彦氏の小説『鮫』『無明』を読んだことがある。少し時代が遡るが、蓮如上人を戴き一向宗が一大仏教王国を築き、それが壊滅されるに至るまで、面白く書かれていたが、武士と勇敢に闘う門徒の姿が印象に深かった。筵旗をたてて浄土を守ろうと生命の遣り取りをする。時代は下って、信長の頃、石山本願寺は十年に渡って信長と争っている。その間、夥しい戦死者を出しているが、少しも怯まず、弥陀の本願を希求している。信長が石山本願寺に悩まされたと同様に秀吉は宗教は違えども天主教に悩まされたようである。詩「絵踊」に見られるように弾圧が始まり、幼い命まで奪う。門徒衆が浄土を夢見たようにキリシタンもまた、パライソを夢見る。神と共に生き、汚濁に満ちたこの世での短い生を為政者によって奪われようと、一向にかまわない。ルドビコ茨木は〈なぜわたしたち子どもの十字形架だけ／小さく造ってありますのか〉、清浄無垢の心は素朴な疑問を投げかける。動揺する役人の姿を作者は〈その言葉の明るさに身震いし／その澄んだまなざしに顔をそむける〉と描く。さもあろう。処刑を目前にしてこんな強い姿を見せられては役人と言えども、顔をそむけざるを得ない。〈竹矢来の外／向こうの空に絵夙が三つ動こうともしない〉と結ぶ。絵夙とは十字形架に懸けられた痛々しい少年達の姿である。この十字形架は一か月さらされたという。世にいう長崎浦上で処刑された二十六聖人殉教である。ついでながら述べると、今も長崎にその記念碑があるという。谷真介氏の著した『キリシタン伝説百話』には様々な奇蹟譚や殉教譚を載せていて面白いが、詩「絵夙」に描かれている少年達に触れて、「《二十六聖人殉教奇譚》には、ミサをおこなっていたという南蛮の伴天連と従者の少年が誰であったか語られていない。長崎西坂の丘の記念館前には二十六人の殉教者たちが並んでいる巨大なブロンズ像がある。像の並び方は殉教時と同じであるという。八番目に立つ修道士ヨハネ・五島と、十一番目に立つバプチスタ神父の間に、背丈が両者の肩にまで達しない少年の像が二つ並んでいる。あどけない表情で立っている最年少者十二歳のルドビコ・茨木と、十三歳のアントニオである。ルドビコは都の修道院や病院で神父や病人たちの世話をしていた。中国人との混血児であるアントニオ少年は将来宣教師になるため都の修道院で教育を受けていた」と記している。

転身

――二者択一ということ――

長崎きっての達者な腕の
金物師徳兵エが
肩をすぼめてオラッシャ坂を下りていく
転びキリシタン目明かしの
ロレンソ宇助とのひそひそ話の帰り道
胸に手を置きとつおいつ
いまの偽りがそら恐ろしい

見せかけの棄教の徳兵エは
身は躲せたが　心は躲せられない
気付いたときに　あと追いかける難題仕事
試し作りの板踏絵　出来ばえのよさを

三面ともに　お奉行様からほめられた
無原罪の聖母像
ピエタの像に　十字架上のキリスト像
お前はえらいとの煽てにおまけ
いただき物の女利安襯衣《メリヤスシャツ》に　羅紗満套《ラシャマント》
オラッシャ坂の赤い夕陽に　黒い影
ついたまらずに
祈禱書の文句を口ずさむ

　あべ　まりあ
　でうす　いえ　あじゅとうりらん
　めうん　いんてんで——

桔梗の花咲く坂の道
足の運びも鎖ひきずる転び身に
あと十三面を作れよ　と命ぜられたその悩み

きょうも徳兵エ
迫害加担が抜き差しならず
二つの罪を背負う鬼
倒錯の坂を下りていく

更に時代は下る。徳川幕府の統治下、一六一二（慶長十七）年、禁教令が出る。これを機に鎖国への歩みが始まる。一六二四（寛永元）年から始まったというが、創始年代は明らかでない（一六二六、二八、二九年説など）。初めは聖画像を踏ませて信者を発見する手段としたが、画像が破損しやすいため、聖像にかえられ、信者から没収したマリア立像、イエスを抱くマリア、イエスを十字架からおろす像、手をしばられいばらの冠をつけたイエスの像などの金属板を厚い板にはめこんだ「板踏絵」が用いられた。一六六九（寛文九）年、長崎本古川町の鋳物師祐佐に命じて二十枚の真鍮製の像をつくらせた。これを単に「踏絵」とよぶ。本詩集『クルス燃える』の扉絵には若侍が絵を踏もうとして躊躇っている姿が、今は亡き亀山巌氏の手によって描かれている。さて歴史的考証はこれくらいにして、詩「転身」に目を注ごう。この詩では、主人公〈金物師徳兵エ〉の苦悩の様が語られる。本詩集を最初の一篇目から二篇目、三篇目と読んできたが、これまでは作者を見者としての立場で作品化している。がしかし、この詩作品あたりからそれと趣を異にしている。私は学生の頃、同級生の日本舞踊を見学に行ったことがあった。そのプログラムの中に、「傀儡師」という踊りが有った。その踊りは最初は人形使い（つまり傀儡師）が人形を使って踊っているのであるが、そのうち、人形使いが、そのまま人形そのものになって踊りを踊るスタイルのものであった。同様なことはこの詩に於いても言える〈肩をすぼめてオラッシャ坂を〉下りてゆく〈金物師徳兵エ〉は作者でもある。副題に〈二者択一〉とあるように作者は容易ならぬ事態に追い込まれていたようである。天主教を信じながらも、それを弾圧する側に加担せねば生きてはゆけぬ〈金物師徳兵エ〉に作者の深い苦悩を私は見る。実体験をそのまま素直に表現してゆくよりも、このようにある事象に仮託して作品化する方が余程難しいのである。神を裏切り、迫害加担の板踏絵を作り、心はどれほど苦しんでいたであろうか。〈女利安襯衣《メリヤスシャツ》に　羅紗満套《ラシャマント》〉をいただいたところで、そんな物が何になろう。思わず徳兵エ＝作者は、祈禱書の文句を口ずさんでしまう。〈二つの罪を背負う鬼〉の心情が、亡くなった中山伸氏の言葉を借りて言えば、近松の道行文の様な調べを湛え、鮮やかに表現されている。そしてその孤影をして〈倒錯の坂〉を下りてゆかしめている。舞台を下り坂に設定している所は主人公の内面をも象徴していて見事である。

不屈伏

ひしゃくの底にあけた
如雨露《じょうろ》の穴から降りそそぐ熱湯
寛永八年も暮れに近く
南の空は
雲仙地獄の上の方で
真那鶴《まなづる》の群れが飛翔して啼き
抜けるような青さが広がる

はだか身を引き据えて
〈動くなッ〉
静寂を破り裂く役人のこえ
くずおれずに　跪くのは
だれに向っての不動なのだろうか

責め苦
そんなものが何になろうか
熱湯は　穂先か槍か
牢小屋に帰れば　また水責めが待っている
糜爛
潰瘍
ぞろぞろと身にへばりつく腐肉の蓑
殺さずに責める転びへの促し
来る日も　来る日も
殺さずに責める
悲愁を越えたいまは
こころ安らかではあるが
小娘マリアは一回で気を失う
石田神父は毅然として六回に耐える

カルワリヨ神父に役人は怒鳴る
〈やい　踏めッ〉と板踏絵を突きつける
〈さらば　わたしは　わたしの足を切って捨てます〉
〈なに　なに　なんと
踏め踏め踏めッ　踏まないか
踏めッ……したら許してやるわい〉

噴きあげる地獄温泉の責め苦の場
一日一食
一椀の粥と　干し魚一尾
霜枯れの山の狭間《はざま》に
役人のひどい仕打ちと　悪態は
きのうも　きょうも　あすも――

詩「不屈伏」で記されている〈寛永八年〉とは、奉書船制度が始まった年（一六三一年）である。奉書船とは江戸幕府老中から長崎奉行にあてて出された奉書によって海外渡航を特許された船のことである。一六三三年からは奉書船以外の海外渡航は禁止されている。政情がこのような中にあって、すでに世は将軍家光の代である。キリシタンへの弾圧はどのようであったか、調べてみよう。助野健太郎氏の筆になる『島原の乱』――第一部〈温泉岳地獄谷の殉教〉――を引こう。

――松倉重政はその初めキリシタンに対してはいたく寛大であったたし、たとえ役人によって逮捕されるものがあっても、やむなくその頭立ったものを処刑するといった態度で表面をつくろっていたが、キリシタンは減少するどころかかえって潜行的に復活した観があった。折りしも寛永二年（一六二五）重政が参観した際、将軍家光からキリシタン禁絶に対する不徹底さを指摘され、叱責されたので、家光将軍の決意の意外に堅いことを知り、ここに従来のキリシタンに対する取締り方針を一変強化して、徹底的に弾圧と残酷苛烈なる処刑を行い、これより十年間の島原半島は誠に言語に絶する地獄の様を呈し、文字通りキリシタン破滅策がとられるに至った。

中にも寛永四年頃より同八年に至る間が最もその苛酷な時代であり、その迫害を指摘したものは、残忍の権化ともいうべき松倉の家来多賀主水であった。彼らはあらゆる方法を以て残忍の極をつくし、烙印・灸籠・指切り・凌辱・水漬け・竹鋸・穴づるし・木馬責等の刑を行い、果ては温泉岳の地獄谷にたぎる硫黄の熱湯をあびせかけ、あげくその中につき落とすといった世界刑罰史上比類なき酷刑を展開した。今いちいちの殉教につき、その迫害の状を詳記することは、およそ数巻を費すとも足りぬ次第なので、読者の寛恕を得たいが、とにかく、「男女の別なく丸裸にして、口まで水の中に漬け、それから引出して今度は焼鉄の尖先を体の所々に当て、又水に漬け、額や頬に切支丹という字の焼印をおし、このようなことをくり返した後、石を結びつけて海に沈める」といった類は枚挙にいとまがなく、それでも信者の大部分は婦人や年若い女子でさえこれに堪え、信仰のため天晴れな致死を遂げたのであった。――

些か長い引用になったが、詩「不屈伏」の背景を知る非常に参考になる条である。私は本稿を書くに当たって、キリシタン関係の書物を大小合わせて十余冊程、目を通してみたが、詩作品の核心を握る為には、つまり作者と同じだけ教養の程が必要ではあるまいかと痛切に思い知らされた。私は日本史年表とつき合わせながら、作者が詩作品中に書き記す〈天正十年〉の年号も〈寛永八年〉の年号も寸分も狂いなく、実に重大な意味を持っている点に気づかされた。思うに作者は用意周到な考案をもって詩作品を構築しているのである。私の目を通した文献には、作者が詩に登場させている人物が明記されている人物もおれば、そうでないのもいる。これは資料不足とも言えるが、私の勉強不足とも言えよう。詩「不屈伏」を作品化せざるを得なかった作者の内的体験は一体何だったのだろう。嘗て、私は折口信夫著『古代感愛集』を繙いたことがある。その冒頭を飾るのは、「追悲荒年歌」である。作者はその自注において、東北地方を数度漂遊した印象から、「水冷かに山掩ふ里陰に生を享けた人々を、いとほしまずには居られない」ということを述べているが、『クルス燃える』も全く同じことが言える。温泉岳地獄の刑罰の様を描くのに、作者は実に巧妙な手法で、まず〈南の空は／雲仙地獄の上の方で／真那鶴《まなづる》の群れが飛翔して啼き／抜けるような青さが広がる〉と美しい天界を描く。その美しい天界の下では信じられないような作者が筆するに忍びざるが如き拷問呵責の様が簡潔な力強いリズムで描かれる。それは寛永八（一六三一）年、温泉岳地獄谷に於ける最後の殉教にあった人々に寄せる限り無い思いであり、自己の精神世界に存在した殉教ともいえる試練であった。詩「不屈伏」に登場する〈小娘マリア〉、〈石田神父〉、〈カルワリヨ神父〉の殉教について記された書物を見よう。――〈同年の書にイエズス会の石田ピント神父とオグスチノ会のグチュレス、フランシスコ、カルヴァリョの三神父、フランシスコ会のガブリエル修士、それにポルトガル人の父と日本人の母との間に生れたペアトリスという貴婦人とその娘マリアの七名が竹中重次から温泉岳に送られて来た時、彼らへの最初の責苦は小さな穴をあけた杓に熱湯を入れ、裸にして少しずつ身体中の至る処に垂らすのであった。それは剣で刺すような痛みを与え、たちまち身体中が腐爛して目もあてられない酸鼻の状を呈した。役人は棄教さえすれば許してやると再三転宗を促したが、受刑者たちは毅然として拒みつづけた。やがて娘らは小屋に帰され、着のみ着のままで小屋に放り込まれたが、今度は冬の寒さが彼らを苦しめ、しかも食事としては一日に一度、一椀の飯と一尾のイワシとが与えられるだけで、富裕な貿易商の令嬢として育ったマリアの如きは、ついに気を失ってしまったほどであった。明くれば、また小屋から引き出されて、地獄の責苦をくりかえすといった状態で、一ヵ月以上もこの責苦がつづいたが、七人のうち一人として棄教を肯ずる者はいなかった。最後にカルヴァリョ神父は役人から聖像画をつきつけられて、これを踏めといわれたが、神父ははれただれた足を指しながら、「それを踏むよりは、この足を切った方がましである」と答えた。

彼らはとうとう長崎に連れ帰され、翌年長崎で殉教したが、さすが鬼奉行の竹中重次もキリシタンを屈服させることができないのを悟り、この年を以て温泉の地獄責めを中止してしまった〉（『島原の乱』）とある。詩「不屈伏」には役人の残忍な仕打ちに対して〈責め苦／そんなものが何になろうか〉と作者をして語らしめている。以前、作者と話した折、自分の人生の中で〈穴づり〉（詩「隠密と罠」の中の詩句）の経験が在ったと話しておられたが、私にも身心を倒さ吊りにされたような経験がある。あの時は苦しかった。それは私の第一詩集『倒懸』の中に収められている詩「倒懸」である。詩「不屈伏」に私は作者の生き様を見る。丁度、キリシタンが「殉教による死は来世の生命を得る功業として讃えられ、むしろ生きて大罪を得て、永遠の救いを失うよりはつかの間の苦しみを堪えて、永遠の平安と救済を得るにしかずとして、進んで迫害を甘受し、殉教の死に赴いた」（『島原の乱』）ように、作者もまた「純潔な自己の魂の永遠なるを願ったのである。そして死に臨んでもなお余裕綽々、ひたすら天上での悦楽を夢見て、呵責を物ともしない」（『島原の乱』）殉教者の心理に自己の心を重ね合わせたのである。

追放

まだ夕やみの迫らないのに
空にきらめく南十字星
まだ暗くならないのに
こころ沈むバタビアのお春

あね様マグダレナはデウスのみもとへ
はは様イサベラとの異国の孤愁に
あかつきに陽は東にのぼり
たそがれに落ち　しずむ
ものみな　すべてを剝《は》がれて
思い出すは縄目のはだか身
すべてはふるさとへ　絵踏みの地に――
追放はデウスとともに　この身ひとつ

すべてはまぶたに……
藁の屋根　萱の屋根
桜花咲き　菜の花畑
ペーロンの銅鑼や太鼓が耳に響く
お諏訪おくんち　しゃぎりの笛太鼓
チャルメラ　四つ竹　蛇皮線のはやしは呼ぶ

稲佐の崎にかすみたなびく長崎の
ああ　あの家も　あの辻も

デウスをにらむ悪魔の眼
デウスを罵る裂けた口
人の身の自由を奪い
地上に救いを拒み
人の身の生き死にを　わけもなく処断する血なまぐさいその手に
消されていった数かぎりないはらからの影絵よ
独裁のはびこるところ
鉄の扉を閉ざす列島《しま》　牢獄日本
胸は熱くふるさとに騒ぎ
思いはつめたく怒りにさえる

クルスの星のはげましに
書きはじめた　たよりの先が進まな

——うばさま　まいる
——ううばさま　まいる
また　おなじことになってしまう
ああふるさと　血にしぶく幻
こなごなに砕け散れふるさと
ふるさとは　はるか
八重潮路のはて——

詩「追放」には天主教の禁制から鎖国に至るまでの政情を背景に追放されて行った信徒の心情が呟きのように作者をして語らしめる。一六三三年の奉書船以外の海外渡航の禁止を皮切りに、翌一六三四年、再び奉書船以外の海外渡航の禁止を発し、又その翌年一六三五年、日本人の海外渡航と帰国の全面禁止、外国船の来航を長崎に制限、一六三六年、ポルトガル人の子孫、混血児を海外追放、一六三六年にポルトガル船の来航の禁止をもって、ここに鎖国の完成を見ることとなる。詩「追放」に登場する〈バタビア〉とはもとジャカルタといい、欧州人はこれを訛ってヤカトラとよび、中国人は、同地の別名カラパに咬𠺕吧の文字をあて、日本ではこの漢字をジャガタラと読んだという。『詳説・日本史研究』

（笠原一男著、一九八四年十二月十日発行、山川出版社）には、〈バタビアのお春〉＝ジャガタラお春について、かく記してある。〈一六三九（寛永十六）年、幕府は蘭英両国人と日本人との混血児三十二人をオランダ船にのせてジャガタラへ追放した。このうちに、長崎築町のお春という少女がいた。お春はやがてジャガタラの地でオランダ人と結婚し、三男四女を生んだが、そのうち六人まで死に、さらに夫にも死別するという不幸におそわれた。故国日本との文通は、一六五五（明暦二）年ごろから許されたので、お春も長文の手紙をしたためては故郷へおくった。しかし帰国の許されぬまま、一六九七（元禄十）年に七十三歳で病没した。西川如見は、お春に仮託して、「ジャガタラ文」を「長崎夜話草」にのせているが、「なつかしやこひしや、故郷を出しはいつの時日にやと思へば、袖のかはくまも御ざなく候。……あまり日本のこひしくてやるかたなき折ふしは、あたりの海原をながめ候より外は御ざなく候」とある。また、実際のジャガタラ文は平戸に今も幾通かのこされている〉

詩「追放」に目を注ぐなら、作者は追放地バタビヤ（インドネシアの首都ジャカルタのオランダ領時代の名）に於けるお春の心情を溢れるが如く綴る。南十字星の輝く地で思いは故国日本へ長崎へとつのる。詩、一連、二連へとその思いは語られ、三連から、まぶたに映る生地長崎の思い出が描かれる。即ち、〈藁の屋根　萱の屋根／桜花咲き　菜の花畑〉と故郷の風景が描かれ、懐しいお諏訪おくんち等々が描かれる。四連から作者の歴史観が表出される。あるいは宗教観が。それは〈バタビアのお春〉に仮託して作者が語る。〈人の身の生き死にを　わけもなく処断する血なまぐさいその手に／消されていった数かぎりないはらからの影絵よ〉と。情容赦無く権力というものに生命を断たれた尊い人達に寄せる胸熱い作者の思いをここに見る。そして、鎖国を完成させた時の為政者を、〈鉄の扉を閉ざす列島《しま》　牢獄日本〉と断じる。五連は〈バタビアのお春〉が折に述べた「ジャガタラ文」に見るように、たよりを書く様子が描かれる。その末尾三行において、〈こなごなに砕け散れふるさと／ふるさとは　はるか／八重潮路のはて――〉と結んでいる点に注意したい。

隠密と罠

南天の実が熟れるころ
小鳥たちは
さえざえと鳴きながらついばみにくる

裏山で群れ遊ぶ子どもたちの
近く　あるいは遠く
ひそかにさまよう唄ごえを聞く
（河原に住みついた流れ者が
にわかに姿を消してから三日目
ここ隠れキリシタン部落に襲いかかった捕手役人）

河原のおこもは　おんみつぞよなァ
河原のおこもは　おんみつぞよなァ
おとと　ははじゃは
穴づりされると　もぉすぞやなァ
おとと　ははじゃは
穴づりされると　もぉすぞやなァ

　穴づりとは
ごうもんと　もぉすぞやなァ

乾いた日暮れの裏山を
風に鳴る落ち葉に片寄せられる唄ごえ

引っ立てられていく父や母　鳥目《とりめ》の兄　長患《わずら》いの姉
子どもたちは
暗い窓かげから異変を眺めていたのはきのうのこと

きょうのオラッショは寂しくとぎれる
いつも父母《ちちはは》さまのしたように　跪《ひざまず》いて
〈デウスさま　お守りください
パライソのデウスさま〉

頬白が鳴く　雉鳩が鳴く
南天の実は　きょうも夕陽が輝いて光る
だが　子どもたちは　廃墟にうずくまり

夢を閉じた
もう　鳥罠仕掛けの遊びをしようとはしない

年上なのはジュアン守松だろう
やめた方がいい　禁断の唄を
唄ごえに風が震えている

この詩には〈隠れキリシタン部落〉が設定される。長崎純心女子短期大学片岡弥吉教授の記した「隠れキリシタンの島々」（『歴史の旅・長崎』）によれば、今日、隠れキリシタンといわれている人々の組織が残っているのは、長崎県北松浦郡生月町と、平戸市南西海岸地方、西彼杵郡外海町と高島町、長崎市三重町と家野町、南松浦郡（五島）の島々の各地方とある。特に生月島の人々はキリシタンの信仰を伝えるとともに、中江の島の殉教者に対する崇敬も伝承した。今日の隠れキリシタンたちが用いている洗礼の水もこの島から取っていたと伝えられる。まずそれらの一部落を描くのに、一連〈南天の実が熟れるころ／小鳥たちは／さえざえと鳴きながらついばみにくる〉と一風景が描写される。裏山で群れ遊ぶ子どもたちの唄ごえが流れる。河原のおこも（女乞食）は隠密であり、隠れキリシタンは次々と捕手役人に引っ立てられていく。〈おとと　ははじゃは／穴づりされると　もぉすぞやなァ〉〈穴づりとは／ごうもんと　もぉすぞやなァ〉と唄ごえのように記された詩句に作者の胸に息の根を止められるかの如くの拷問の苦痛の様を私は見る。すでに述べたように〈穴づり〉である。かつて、天正少年使節が帰国したその後、禁教の道へとたどり始めていたキリシタン弾圧の下で信仰を守り抜いた中浦ジュリアンは長崎で逆つりにされて殺されたように、作者も逆つりにされたのであった。〈父や母　鳥日《とりめ》の兄　長患《わずら》いの姉〉が引っ立てられていった後、子どもたちは〈オラッショ（ポルトガル語で祈りのこと）を唱える。〈デウスさま　お守りください／パライソのデウスさま〉と。デウスはポルトガル語で天主を意味し、パライソは言うまでもなく、ポルトガル語で天国を意味する。そして後半、〈頬白が鳴く　雉鳩が鳴く／南天の実は　きょうも夕陽が輝いて光る〉、地上の惨劇とはうらはらに、鳥々の鳴き声を描くあたりは実に心憎いばかりの手法である。〈年上なのはジュアン守松だろう〉と語られているジュアンについて一言述べておこう。生月の島で殺されたたくさんの殉教者のうち、どのジュアンかはっきりわからないが、ジュアンという殉教者への崇敬から、今日、生月の隠れキリシタンたちは、中江の島そのものをサン・ジュワンと呼んでいる。またここから取る洗礼の水もサン・ジュワンと呼ばれる。その水で洗礼を受ける人の役名もまたサン・ジュワンと称している。ジュワンはジュアンの訛りである（『歴史の旅・長崎』）。

結び。〈やめた方がいい　禁断の唄を／唄ごえに風が震えている〉と記す。〈禁断の唄〉とはどのような唄を言うのであろうか。生月町山田の隠れキリシタンたちの間に、「サン・ジュワン様の歌」というのが伝来されている。それは、

前はなあ、泉水やなあ
　うしろは高き岩なるやなあ
前もうしろも潮であかするやなあ

この春はなあ、この春はなあ
桜花かや、散るじゃろやなあ
また来る春はや
つぼみ開くる花であるやなあ
まいろうやなあ　まいろうやなあ
　パライソの寺にぞまいろうやなあ
パライソの寺とは申するやなあ

ひろい寺とは申するやなあ
　ひろいなあ、せばいはわが胸にあるぞやなあ

という唄である。作者が〈禁断の唄〉と記した唄は、この唄とは違うかも知れない、が
この種の唄であっただろうと想像できる。浅学の身ゆえ、私の解釈はかくの如しである。

絵踏み

足の裏に針千本　針万本
裸足《はだし》は野良仕事の土踏みではない
きょうも　わしは聖像を踏んで帰った

女房よ　およぅよ
お前が踏まなかってから一年
わしは　来る月ごとに踏み続けた

お前が絵踏みを拒んだとき
役人に引っ立てられながら
わしに見せたあの微笑み
あの眼指《まなざし》が　わしには解らない

マリアさまの絵像は
竈《へっつい》の向こうの柱に埋め込んで隠した
朝　わしは竈で芋を蒸《ふか》す
デウスに祈る
粗朶《そだ》をくべながら燃えさかる炎に跪く
そのとき　この娘は重たくわしに凭れかかって歌う

こおろべ　ころべ
ころばぬ　あほぅーは
あっちのはぁてへ　サァーラリ
あっちのうぅみへ　サァーラリ

村の子どもたちもおなじように
歌いながら寺の門前で　転がってさんざめくのだ
八重椿の花が真っ赤に散り敷いた莫蓙の上で
キリシタン孤児《みなしご》たちのうたう唄ごえ

およぅよ　およぅ
わしは転んだ　いまもそうだ
お前もわしも　デウスの子
その二人がどこで別れてしまったのだろう

わしには　お前の訣別の眼指《まなざし》が消えない
お前の残したこの娘に　あの影がある
お前の笑窪《えくぼ》がここにある
光と闇を一点に集めたこの笑窪

学びの無いわしには　学びはないが
デウスへの信は一つということに違いはない
その信が二つの立場を持つということを　わしは知りたい

足の裏に針千本　針万本
これからもわしは聖像を踏むぞ
お前は偽らなかった　あれでよい
わしも偽らなかった　これでよい
だが　わしはお前の訣別の謎が解けるまでは
踏んで踏んで　踏んづける
およぅよ　およぅ　わしは踏み続ける

詩「絵踏み」に見られるこの制度は、一六二九（寛永六）年頃から始まったという。そして、この行事は長崎では毎年正月におこなわれたという。一六三七（寛永十四）年十月におこった島原の乱の後、キリシタンの探索はさらにきびしくおこなわれた。宣教師や信徒の密告の奨励（このことはすでに詩「隠密と罠」を読んで来たとおり）、そして、絵踏みの制の実施はその効果を大にした。しかし、それでも平戸・天草・五島方面にはひそかに信仰をまもる隠れキリシタンがあって、納戸のなかに祭壇をかくして秘密集会や宗教行事をおこなったりしていた。先に見た詩「追放」の中で作者が〈独裁のはびこるところ／鉄の扉を閉ざす列島《しま》　牢獄日本〉と記したように、鎖国は、近代日本の発展・市民社会の形成という現代的観点からすれば、日本人の海外発展の気運が阻害され、産業や文化の発展がおくれ、世界の進運からとり残されたという結果をみるが、その鎖国によって、国内では天主教の禁止が徹底することになる。このような政情の中、作者はその詩「絵踏み」の中で〈わし〉とその女房〈およぅ〉を登場させる。まず最初の三行〈足の裏に針千本　針万本／裸足《はだし》は野良仕事の土踏みではない／きょうも　わしは聖像を踏んで帰った〉と語り始める。見せかけ棄教を肯定し、苦悩を捨て、役人の命ずるまま絵踏みに従う。二連目には生きる立場を異にした〈女房およぅ〉に心の中で呼びかけ、そして呟く。〈お前が絵踏みを拒んだとき／役人に引っ立てられながら／わしに見せたあの微笑み／あの眼指《まなざし》が　わしには解らない〉と。三連には隠れキリシタンのデウスに祈る姿が描かれる。ひそかに信仰をまもる信徒の様が〈マリアさまの絵像は／竈《へっつい》の向こうの柱に埋め込んで隠し〉、朝、祈りを捧げる。以前私は劇場で「細川ガラシャ」という舞台を見たことがある。舞台は彼女が仏間に祭壇を設け、マリアの聖像に祈りを捧げる姿が演じられていて非常に面白かったが、ガラシャ同様、ここでも〈粗朶《そだ》をくべながら燃えさかる炎に跪く〉〈わし〉の姿がある。〈ころべ　ころべ〉以下〈あっちのうぅみへ　サァーラリ〉までわしに凭れかかって歌うこの娘の詩句は当時の転びキリシタンの心を鮮やかに描き、読者に深い印象を与えている。更にまた、詩の構成からみて何でもない詩句のようであるが、次への詩の世界への繋がりを見せ、実に巧みな手法であることも感じさせられる。

〈わしは転んだ　いまもそうだ／お前もわしも　デウスの子／その二人がどこで別れてしまったのだろう〉と作者をして独白せしめている。このあたりになると正直言って私には難解なのである。つまり、〈わし〉は〈お前〉を裏切ったわけでもなく、また、〈デウス〉を裏切ったわけでもない。信仰に対する身の処し方がどうも違ったのではあるまいか。その様に受け止めたい。絵踏みを拒み、役人に引き立てられていったおよぅ、行く先は言わずとも殉教ということになろう。〈お前の訣別の眼指《まなざし》が消えない／お前の残したこの娘にあの影がある〉、訣別して行った愛する妻の面影を娘に見る。愛しい娘に〈お前の笑窪《えくぼ》〉を見る。転んでも守らねばならぬ小さな生命がある。〈わし〉は必死の思いで吾娘を抱きしめる。〈学びの無いわしには　学びはないが／デウスへの信は一つということに違いはない／その信が二つの立場を持つということを　わしは知りたい〉、読者の私も知りたい。

その信が二つの立場を持つということを。ここでは、〈わし〉も心の中で解決がついていないのではあるまいか。解答を引き出すのはよそう。終連〈足の裏に針千本　針万本〉と語るように、聖像を踏むことは、それ程の痛みに耐えているのだと作者は示す。〈お前は偽らなかった　あれでよい／わしも偽らなかった　これでよい〉と別れねばならなかったそれぞれの信をそれぞれの立場である種の労りを込めて、それでも力強く言い切る。〈だが　わしはお前の訣別の謎が解けるまでは／踏んで踏んで　踏んづける／およぅよおよぅ　わしは踏み続ける〉と自己の生き方をあるがままに肯定する。そして作者の思いは次の詩「野の石」へと密接に繋がる。

野の石

——潜伏ということ——

およぅよ
お前はお像を踏まずに
真っすぐクルスの火炙《ひあぶり》へと進んだ

わしとこの娘《こ》は
寺請けとして無量寺の宗門人別帳に
仏教者として　書き込まれた
およぅよ
わしはこの娘《こ》を火炙《ひあぶり》にさせはしない

夜中にピカッといなづまが走る
わしは
添い寝のこの娘をいだきかかえる
青白い火の塊《かたまり》が
遠い空から突き刺すように落ちてくる
しかしこの娘は
にこにこと笑顔を向けて
お前のところへ連れていけと言う――
夜ごとの夢だ

わしは
わしの棄教の見せかけを信じる
それに秘める自決に迷いはない
わしは　いきり立つ役人を哀れむ
明るければ月夜だと思い
暗ければ闇夜だと片づける役人がこわいだけだ
いとけないこの娘をいだきながら
さて　わしは
わしの自由と真実の炎に粗朶《そだ》を増やさねばならない
転び身の証《あかし》をたてねばならない
わしは無量寺の檀徒にされてしまった
しかしお前のための読経はしない

恐ろしいことが伸《の》しかかっている
百姓のわしには
そう言うより仕方ない

お前の洗礼名など刻むすべもない
わしは　裏山から石を運んで
前の野っ原にポツンと置いた
野石だ

まだ　恐ろしいことが村中で続いている
どこもかしこも
寸分の隙間もない
血なまぐさい突風だ
仕置場を覆う死臭の匂いだ
もう　鴉さえ喰い気を失った

どの家もどの家も
無住のままで崩れ去るかに見える
立つ者も座る者も
頭《こうべ》を垂れたまま朽ち果てるかに見える

およぅよ　わしはモグラとなった
もぐってもぐって　モグラとなった
昼も暗い　夜も暗い
昼も無いぞ　夜も無いぞ
白い野石が眼にしみる――

一六四〇（寛永十七）年に幕領に宗門改役（キリシタン奉行）がおかれ、寺請制度（檀家制度）が開始される。すなわち、良民がキリシタン信徒ではなく檀徒であることを、その檀那寺に証明させた制度で、これはやがて全国に及ぶようになる。副題に「――潜伏ということ――」とあるように、隠れキリシタンと一般に呼ばれているが、正しくはこの時代、仏教を隠れ蓑として潜んでいたキリシタンを潜伏キリシタンという。詩「野の石」には、その様子が語られる。〈およぅよ／お前はお像を踏まずに／真っすぐクルスの火炙《ひあぶり》へと進んだ〉と殉教の死へ赴いた妻へ語り、〈わしとこの娘《こ》は／寺請けとして無量寺の宗門人別帳に／仏教者として　書き込まれた〉とあるように前述の寺請けの様相をここに見る。〈わし〉＝父親はみせかけの棄教を装いながら、吾娘を火炙になど断じてさせてなるものか、と強い意志、そして愛情を示す。それは私が下手な解説など労せずとも詩の行間に滲み出ている。この夫婦の〈信〉に於ける身の処し方の相違が訣別を生むことになるわけであるが、何故夫婦の別れを詩に描かねばならなかったのであろうか。作者の人生の体験がこのテーマを書かせたのではあるまいかと、しきりに想われるのである。この辺りの事情については直接著者にお話を伺わねば何とも言いようがない。ご本人の名誉のためにも憶測だけで論ずるのは止そう。二連目も実に巧い手法で語る。〈夜中にピカッといなづまが走る／わしは／添い寝のこの娘をいだきかかえる〉と続いて、更に〈青白い火の塊《かたまり》が／遠い空から突き刺すように落ちてくる〉と記す。どのような理由であったにしろ妻に去られた父子の夜の状景が語られているが、夜空を切り裂く稲妻の光りは、単に自然現象を表現しているに止まらず実は運命に引き裂かれた、夫婦、親子の心情を汲み取るべきであろう。そしてその〈火の塊〉は〈わし〉＝作者の胸目掛けて突き刺さる。夜ごとの夢においてである。そんな重苦しく暗い心とはうらはらに、〈にここにこと笑顔を向けて／お前のところへ連れていけ〉と娘は無邪気に駄々をこねる。こういう詩の一行をスッと挿入させることによって、一際、この連の全体が読者の胸に迫ってくる。作者の並々ならぬ詩才に感じ入る。つづく三連、〈わしは／わしの棄教の見せかけを信じる／それに秘める自決に迷いはない〉とあるように詩集『クルス燃える』の詩の後半、ここまで読み続けてきて、ようやく作者が生きる確信とでも言おうか、自信とでも言おうか、いい言葉が見つからないが、ともかく自決に迷いのない心境にまで達していることに気付く。そして深く考えさせられる詩行にぶち当たる。それは〈明るければ月夜だと思い／暗ければ闇夜だと片づける役人がこわいだけだ〉の詩句である。潜伏キリシタンを摘発し続け、その生命を奪う役人達、その任務を命ずるキリシタン奉行、なおその背後には信教の自由を断じて認めようとしなかった幕府首脳陣、彼らは封建体制を堅持する為に自分達にとって都合の良い（つまり治めるのに都合の良い）朱子学をもって、その支配を合理化する。法のもとで平等であっても、人間がデウスの子であっても困るのは自分達為政者なのである。いつの世も為政者は良民の為の政治を行うのではなく、自分達にとって治め易い、都合の良い思想体系を武器として、良民に強いる。なるほど朱子学といえば、孔子の修めた儒教を基として朱熹（一一三〇年〜一二〇〇年）が大成した宋学である。幕府や諸藩に積極的に採用された学問で、君臣・父子の名分をただす道徳の学としておもんぜられたが、これとて治める側の学問であって治められる側の立場に於いての学問ではない。だから弾圧されたのは天主教だけではない。法華宗や念仏宗でも、主流派が幕府の統制をうけてそのいいなりになってゆくと、これに強く反発する異端の動きが生じ、隠れキリシタンならぬ隠れ念仏などの形で地下にもぐって、ひそかな信仰をつづけていたのである。徳目どおりに明るければ月夜だと思う人達、暗ければ闇夜だと片づける人達、そう語る作者の人間観がここに端的に表現されていて大いに教えられる。そして〈いとけないこの娘をいだきながら／さて　わしは／わしの自由と真実の炎に粗朶《そだ》を増やさねばならない〉と静粛な思いを述べる。為政者が信教の自由を認めないなら、認めないで良いではないか、どうせ大した為政者ではないのだから、表面上は言うことを聞いた振りをしておれば良い、と私は心の中で密かに思う。作者が記した〈自由と真実〉を生きぬく方がはるかに人間として尊い。己が信じた生き方、つまり真心というか魂というか、そういう大切なものまで売り渡す必要はさらさら無い。

四連には厳しいキリシタン狩りが行われている様子を暗に示す詩句が連ねてあるが、谷真介著『キリシタン伝説百話』を読むと、想像を絶するような殉教の話が見受けられる。そして九州地方ばかりにそのようなことがあったのではなく、愛知県でも、岐阜県にも、東京にも、遠く秋田県にも、ほとんど全国において潜伏キリシタンの殉教の形跡を止めている。山本周五郎の小説『正雪記』にも木曽山中でミサを行う村人の様子が語られているが、このような信徒のエネルギーというのか、役人など心の中では屁とも思っていない強い意志には驚かされる。〈恐ろしいことが伸《の》しかかっている／百姓のわしには／そう言うより仕方ない〉と呟き、五連、まだ行われる役人の処刑の様を〈血なまぐさい突風だ／仕置場を覆う死臭の匂いだ／もう　鴉さえ喰い気を失った〉と描く。私は様々な文献に目を通したが、実際に一部落が全員信徒で村に人っ子一人居なくなる状況さえ現出したらしい。〈わしは　裏山から石を運んで／前の野っ原にポツンと置いた／野石だ〉、妻およぅの墓である。洗礼名も刻めない。地下にもぐった〈わし〉にはデウスの光も射し込まない。〈モグラ〉となったこの身の暗澹たる思いを〈昼も暗い　夜も暗い／昼も無いぞ　夜も無いぞ／白い野石が眼にしみる――〉と述べ、かすかに湧いて来る妻およぅへの思いを〈野の石〉に象徴し歌い納める。

生きる

みなの衆が
真顔を見せるようになった
死の村はよみがえり
野良仕事の朝のあぜ道
草露に濡れて帰るやぶ蔭
この村のどこかで

嵐をくぐり抜けたヘドロの顔が
脅《おび》えながらも交わるようになった

みながみなもぐった
東田《ひがしだ》の呂久《ろく》が
昨夜《ゆうべ》もそっと戸を叩いて
村中はもぐってしまったと言い
あすのドミニコ新兵エのお葬《とむら》いには
無量寺の坊さんの読経中
念珠《じゅず》を高らかに鳴らして
お経消しを祈ろうと知らせた

変った　変った
わしたちデウスの子は
手をつなぎ合おうという
かくれ組を作ろうという

およぅよ
お前の殉教は野石となって
わしの転びを見続けている

絵踏みは引き続いてやらされる
この娘は無心に　スイスイと踏むが
これでよいのだろうか
わしは毎日が煮湯の釜の中
野良着のジャガタラ縞もつぎはぎだらけ
転び者には年貢の取りあげも厳しい
ただ　おろおろとして身を削るばかり
喰おうとして　ただ　やせるばかり
踏めばやせ
踏まねばクルスの火炙《ひあぶり》だ

およぅよ

この娘は　もう四歳《よっつ》
女親《めおや》は無くとも　四歳の可愛ざかり
お前とわしの生死の別れ
死も一つ　生も一つ
お前には　いさぎよい殉教があった
わしにはたえがたい屈従があった
わしはそのわけが解りはじめたが
愛の無常ということがたまらない

お前とわしは日一日と遠ざかっていく
いままでは虫に刺されながら綾取りをして遊ぶこの娘
いまでは自分への挑みかたを覚えたわし
それにしても
身内のどこかで駆け回るもの
きのうはあそこ　きょうはこちら
わしの身内のどこかで

ときには　揺れて燃えあがり
ときには　澄んで沈みゆく疼き――

およぅよ　およぅ
月が凍てる
背戸には　こがらしだ
わしとこの娘は
火影《ほかげ》をかきあげて　こよいもまた
うしろの壁に果てしない無常を見ようとする

詩集『クルス燃える』の最後を飾る名篇「生きる」である。作者は以前、「信徒は棄教はしないでしょう。つまり潜伏して生き残ってゆくでしょう」と言った意味のことを述べておられたが、どの宗教であれ、信仰を持つと言うことは、そして持った人は何と力強い精神を心に抱き続けることが出来るのだろうかと頭を垂れざるを得ない。私は『旧約聖書』も『新約聖書』も通して読んだことがない。まだ小学生六年の頃に、母の友人の娘さんがカトリックの信徒で、私に子供向けに書かれたポケット版の聖書を読むようにと勧めてくれたので、それを読んだ記憶がある。あとは「使徒行伝」とか「出エジプト記」とか、何となく読んだくらいである。映画「十戒」や「天地創造」も興味深く鑑賞した。そんな中で一つ心に残された言葉がある。「たとえ我、死の谷を歩むとも我わざわいを恐れじ、汝我と居ませばなり」という章句である。信徒は常に何時如何なる時でも神と共にあるのである。人間は生来弱い存在なのであろう。神に縋る敬虔な姿をどうして笑ったり出来よう。凄まじい程の弾圧を受けようと、仏教徒を擬装し、マリア観音を敬ったり、仏像の額に十字を刻み信仰していた例は数限りなくこの国に見られる現象である。私の故郷（新潟県）にある寺でも、そのような仏の石像が残っていて、私は一度その寺を訪れたことがある。苔むしたお地蔵様の額に十字の印が彫られてあったことを覚えている。詩「生きる」には、そうした〈死の村〉がもぐることによってよみがえった様子が描かれる。二連〈みながみなもぐった／東田《ひがしだ》の呂久《ろく》が／昨夜《ゆうべ》もそっと戸を叩いて／村中はもぐってしまったと言い／あすのドミニコ新兵エのお葬《とむら》いには／無量寺の坊さんの読経中／念珠《じゅず》を高らかに鳴らして／お経消しを祈ろうと知らせた〉と具象的に潜伏キリシタンの動きを描く。実際に作者が描いたとおりの状況であったと私は確信する。時の為政者が圧しつけてくる形骸だけの檀徒にされるなら、信徒はそれを逆手に取って立ち向かう。三連〈わしたちデウスの子は／手をつなぎ合おうという／かくれ組を作ろうという〉と詩句にあるとおり。

がしかし〈わし〉の苦悩は消えはしない。殉教して逝った〈お前〉の野石を見つめながら、生き残って潜伏した〈わし〉の心境を作者は〈毎日が煮湯の釜の中〉と記す。転び者に厳しい年貢の取り立てやまだ続く絵踏みの苦しみ、生きると言うことは時に我心まで裏切ってゆかねばならぬことも、あるいは存在するのではなかろうか。この世を渡ることと生きる（神性ある生き方）こととは根本的に違うことではあるまいか、そう思う。五連〈お前とわしの生死の別れ／死も一つ　生も一つ／お前には　いさぎよい殉教があった／わしにはたえがたい屈従があった／わしはそのわけが解りはじめたが／愛の無常ということがたまらない〉、この詩句には思わず胸が衝かれる。殉教、屈従、私にはどちらを選んでも結局は同じことなのではあるまいかと思えて来る。人は自己の信ずる道を生きてゆくしか手立てがないのではあるまいか。誰が何と言おうと。〈愛の無常〉、ああ、それを言うなかれ。風が花を散らすように、無常が命を奪うように、愛に於いても耐えがたい死が訪れる。残念なことに人生とはそういうことなのかも知れない。がしかし、そう記さねばならなかった作者の苦渋が痛いほど、読者の心に伝わって来る。六連にはその心の呟きが記され、そして結び。〈およぅよ　およぅ／月が凍てる／背戸には　こがらしだ／わしとこの娘は／火影《ほかげ》をかきあげて　こよいもまた／うしろの壁に果てしない無常を見ようとする〉と記すと同時に、詩集『クルス燃える』を完結させる。この最後の六行は忽せに出来ぬ深い人生観が漂う。〈月が凍てる〉も〈こがらし〉も単に風景の描写を描いているのではない。作者の胸中に冴え冴えと凍てる月があり、こがらしが寒々と吹き抜けているのである。そして作者は果てしない無常を見ようとする境地に到達する。ここには一見救いのないような言葉で締め括られているが、かつて坂口安吾が「文学のふるさと」で「伊勢物語」第六段の挿話を借りて語ったように、生存それ自体が孕む絶対の孤独を認識し、救いの無いことが実は救いなのであって、そこが文学のふるさとであり、出発点であると言った内容のことを述べていたが、それと全く合致する魂の奥底をここに見る。作者がこの詩作品を「生きる」とタイトルした所以である。

この稿はあくまでも私個人の勝手な読み方でいろいろと難点もあろうかと思うが、私はこう読む、という「鑑賞ノート」にすぎないことを明記してペンを置こう。

附記　本稿は次の参考資料に拠る所が多くご教示有難く。その書名を明記する。
『キリシタン風土記』〈岡田章雄　昭和五十年八月十五日　毎日新聞社刊〉
『日本歴史9―近世1―』〈一九七五年七月二十二日　岩波書店刊〉
『詳説・日本史研究』〈笠原一男著　一九八四年十二月十日　山川出版社刊〉

『新詳説・日本史』〈一九九〇年四月十日　井上光貞、笠原一男、児玉幸多共著　山川出版社刊〉
『長崎・平戸』〈永島正一著　昭和四十九年五月十日　朝日新聞社刊〉
『日本文化研究』第五巻―キリシタン信仰と封建社会道徳〈岡田章雄著　昭和三十四年六月五日　新潮社刊〉
『歴史ものしり百科』〈昭和五十七年十月十九日　企画・制作前田博信　三公社刊〉
『神国日本』〈ラフカディオ・ハーン　昭和五十一年七月十四日　平凡社刊〉
『歴史の旅・長崎』〈昭和四十八年九月三十日　小学館刊〉
『島原の乱』〈助野健太郎著　昭和四十九年六月十五日　桜楓社刊〉
『キリシタン伝説百話』〈谷真介著　昭和六十二年四月二十日　新潮社刊〉
『キリシタン書・排耶書』〈日本思想大系25　一九七〇年十月二十六日　岩波書店刊〉
『長崎・横浜』〈江戸時代図誌25　昭和五十一年十月十五日　筑摩書房刊〉
『総合資料日本史』〈一九九〇年　浜島書店刊〉

三　伴野憲の詩　『クルス燃える』以降（一）

昭和五十（一九七五）年、詩人伴野憲氏は第三詩集『クルス燃える』を刊行し、同詩集の録音テープを制作する。そしてその自作テープを聞く会が開かれた。その折の案内の手紙を、ここで披露しよう。

啓

さきの拙著詩集『クルス燃える』に現われるキリシタン茶碗を見たいというお言葉を聞いております。

では、というので左記の日時を定めて、ごいっしょにと思いたちました。

ごく少数の詩の兄姉にご案内いたすのみなので、この度では落ちついて、あれこれと酷暑忘れの時間をたのしんでいただけるものと思います。

お気遣いさらになくお越しくださるよう。

日時　八月二十三日（土）午後一時―

　　　四時三十分

会場　同封のご案内をごらんください。

なお、おもてなしは何もありませんが、ちょっとした茶碗での喫茶、陶磁器のご供覧『クルス燃える』朗読録音のご試聴くらいです。レコーディングしたカセットは、お持ち帰りいただくことにしています。

敬具

昭和五十年八月十八日　伴野　憲

阿部堅磐様

この便りを、今、読み返すと、杉浦盛雄氏が著した『名古屋地方詩史』の中で、伴野憲氏を評して、〈彼は几帳面で潔癖で合理的で神経のこまかい人である。それ故に、後の論理性に基づく一徹な理論の純粋性は、世俗的な妥協を廃して冷厳さを感じさせるものがある。しかし反面世話好きでしばしばこの地方の詩壇の面倒をみてその育成に努力を捧げたばかりでなく、新人の指導的立場にたって多くの功績を残している〉と述べた事柄が、充分頷けてくる。

このテープを聞く会のレポートは、サロン誌上で佐藤経雄氏が記している。当日、出席者は、福田万里子氏や、「詩文学」の田中順一氏も一緒だったことを記憶している。

この頃、日本詩人クラブの事業で、昭和詩大系の出版が計画され、伴野さんの詩集も出版されるはずだったのだが、実現をみなかった。丁度、その時期、伴野さんは、不幸にも病に倒れ、緊急入院を余儀なくされ、闘病生活に入られたのが、その原因である。何度か私はお見舞いに伺ったことを記憶している。

やがて退院され、又穂の公団住宅で静かな日々を過ごされていた。お体を気遣ってか、詩話会に出席されることはなかった。そういう私自身も病で仕事を休み、しばらく療養生活を送っていた。

病も回復し、通常の生活に立ち返ったある日、伴野さんのお宅を家内と一緒に訪問し、昔話に花を咲かせた。その時、出来た詩が「寄珍庵往来」という作品である。

寄珍庵往来

夕映えの又穂住宅
高層の六階　寄珍庵
玄関のベルを押すと
〝はい〟と　元気な声
クリーム色の重いドアが開かれ
白髪の和やかな顔が私達を迎える
机上に置かれてある
小さな雪ん子の人形
被ったゴザ帽子の色褪せて
十何年も前に私がプレゼントしたものだ
B長老は私と妻に座布団を勧め
円頓寺商店街にある店の
特製のドイツ洋菓子の包みを開ける

書架に並ぶ数々の詩集
陶器の幾種類かが飾ってある棚
些か茶道の嗜みある妻は
B長老の語る茶器の話に耳傾ける
やがて　流れる一本の録音テープ
――詩集〝クルス燃える〟を語る会……
十五年前の研究会での　懐かしい音声
この声はN長老の　この声はSさん
続くこの声はTさん　この声は私
B長老と妻と私の三人は
にっこりと耳欹てる

そう言えば　同じ頃
激しい風の夏の日
この住宅のピロティ西の和室に

十人ほどの詩人が参集した時
詩集〝クルス燃える〟の朗読録音が披露され
キリシタン茶碗を拝見したことがあった
深く心に刻まれた詩句との邂逅

初めてこの部屋を訪ねた時
豊かな人格を築けば
豊かな作品が書けるでしょう
と教えてくれた人
詩人八十有余年
B長老の歩いてきた道
まだ私が三十歳前後だった当時
五歳で母を失い
十二歳で父を亡くし
世に放り出された暗い来し方も
語ったことがあった

私の青春に涙してくれたのはこのB長老
その胸熱い人柄に触れ
私の心も潤んだ

語れば尽きぬ宵の一刻《ひととき》
ふと　夜の訪れに気付き
三人で近くのおそば屋さんへ行く
混雑したお店で夕食を取りながら
私が故郷の話をすると
時々は民謡を聞いて一時《ひととき》をすごす
B長老は〝佐渡おけさ〟を低唱する

真っ白な月光の下
B長老に別れを告げ
妻と家へと向かう道すがら
あの夜　B長老に誓った言葉を妻に話す

〈どんなことがあろうと
死が二人を分かつまで私は
あんたについてゆきます〉
と述べた往時《むかし》の約束を
それは　今も

そんなことがあって後、私はいくつかの病を得て苦しむ日をも迎えて、再び氏にお会いする機会がなかった。

四　伴野憲の詩　『クルス燃える』以降（二）

二〇〇三年七月十八日に、伴野憲氏のご長男伴野亘邦氏が発行した『柳暗花明』（著者伴野憲）に所収された〈伴野憲略歴〉には「昭和五十（一九七五）年、七十三歳、『クルス燃える』の出版。この全詩作品を朗読、録音テープを制作」と記されており、昭和五十八（一九八三）年、八十一歳、中日詩人会よりこの地区における「先達詩人」として表敬を受けたことが明記されている。しばらく、私は伴野さんとの音信もなく過ごしていたが、平成四（一九九二）年、九十歳、十月二十日、その訃報を受けた。その夜、お通夜に伺った。円頓寺にあるお寺で行われた葬儀に参列し、さみしく帰った折、伴野憲さんとの邂逅の昔を想起した。それを次に記す。

伴野憲氏との邂逅

私が詩誌「サロン・デ・ポエート」に入会したのは、昭和四十八年の春のことであり、サロン誌の四七号で、〝日想観〟という詩を発表したことが、そもそもの始めである。その年の冬（十二月二十日）、地下鉄の地下駅際のスズヤ二階で、忘年会が催され、中山伸さん、伴野憲さん、平野信太郎さん、亀山巌さんといった四人の長老方を中心に、参加者みんなで、愉しい雰囲気で詩談を交わし合った。翌、昭和四十九年二月十二日、Y・W・C・Aに於いて、「名古屋詩壇についての座談会」が開催された。名古屋地区で詩誌を発刊されている方々が出席され、その会の司会を伴野さんが担当された。サロンの長老方は、この地方の草分けの詩人達ということを、その時、認識し、私は心の中で期待するものが大きかった。多くのものが学べる、と思った。その翌年、昭和四十九年七月に、伴野さんが詩集『屋根を越えていく風船』を出版され、その詩集を伴野さんから、私はプレゼントされた。会では出版記念会を持つことが予定され、その打ち合わせのため、私は伴野さんのご自宅、つまり円頓寺のヲジマヤ（呉服店舗）へ伺った。そしてその時、伴野さんはご自分の若い頃の文学運動の一端を話して下さった。詩誌ばかりでなく、陶芸に関するお話も伺うことが出来たものである。

爾来、詩話会、現代詩研究会、忘年会、懇親旅行と交友が続けられ、伴野さんが健康であった日々、共に在った。

サロン誌三一七号において、私は「伴野憲長老の言」と題して、次のようなエッセイを寄せている。次に掲げる。

伴野憲長老の言

先号のサロンのエッセイに、私は、書庫の本棚を整理していたら、人様から頂戴した書簡を入れたケースが出て来て、中にサロンの長老、伴野憲、亀山巌、お二人の手紙の束があったことを述べたが、その後、その便りの一通一通を読み直してみた。これらは実に何通もあり、一冊の書簡集が出来るくらいである。伴野さんからの便りは、葉書きが多く、主に事務的連絡的なものが多い。そんな中に便箋にびっしりという便りもあって、それを読むと、とても詩作の上で勉強になる。〈昭和五十三年五月十日夜〉と認められた手紙には、詩論ともいうべきものが述べられていて興深い。ここにその一部を披露しよう。

啓

あなたからの〝現代詩創刊号〟と同封の書簡は去る五月一日落掌。ありがとう。それらを読んで私考するに、あなたは現在敷設しつつある路盤の確さを感じ、私は心から喜びます。

芸術の道は、どのようなスタイルで歩こうとも、その人自身であって欲しい。セカセカとした呼吸音の伝わってくるような一刻きざみのものであってはならない。どのような精神の葛藤であっても、体形はつねに美しい姿を見せて欲しい。それは硬直であってはならない。柔剛交叉もそのハーモニイが混濁の中でのまやかしであってはならない。

融合の瞬間に私達は何を感得し、それをどのように処理し構成するかの基盤の上に表現の技法を求めたいものです。

（中略）

同封の書簡の文中に、私はサロン同人の立場を変えず、……云々とあるように、私はあなたを誤解しません。そういうことはみなあなたの意識そのものの中にあるものであって、精神分析的な分野で解明すべきことと思います。誰れしも行動の片鱗に鮮明に映像されてくるものと思います。

私の永い間の詩の世界の体験としては、右顧左眄・功利追究の一瞬の夢は、それを望む人達にまかせておけばよいということです。（後略）

今、読み返してみると、詩作にあってはどうあるべきか、伴野さんの生の声が聞こえてくるようである。そして私がその頃、ある文学運動に身を投じていた、その仲間の中に、伴野さんの指摘するように、「功利追究」を望む人達が何人かいて、私は随分悩まされたことを記憶している。その人達は大した仕事をせぬまま、皆、詩壇から姿を消してしまっている。そんな経験があったものだから、私は文学活動での日々において、あまり熱くならないようにしている。そして他から、「あなたの作品は淡々としているね」とよく評される。これは中山伸さん譲りのものである。此の頃では、マ、イイカ、くらいに考え、あまり腹を立てないことにしている。精神衛生上、非常に良ろしい。伴野さんが、「豊かな人格を築けば豊かな作品が書けるでしょう」とおっしゃっていたことを想い出す。そして伴野さんは、こうもおっしゃった。「人格以上の作品は書けないでしょう」とも。私が若い頃、肝に銘じた言葉である。

更に〈昭和五十年六月十九日午後〉には次のような、私に対する励ましの書簡も見出すことが出来る。次に示す。

取急ぎ、変更訂正をお知らせします。
二十九日と決定した。現代詩研究会の日取り、都合により取消し、七月六日（日）を交渉中（会場）。追ってまたお知らせを約す。取消し通知は私から諸君に連絡します。

十七日付のはがき落掌しました。文中の元気喪失の様子は気に喰わぬ。男子志を立てての意気と自覚は生涯の宝です。しかも、それは何人も自分から奪うことのできないもの。私は、昔テンエージャーの時期にどれだけ悩んだのか、その内容と過程は、今どれだけ私の人生行路の道標になったかを想うとやはり道を選んだ以上は初心に徹して不動泰然（無理にでもそうしたことが）ということが絶大な支えになっています。寸楮ながら、あるいは言わんでものことかも知れないが君のため、私の永い体験の概観を呈します。

　君迷うことなかれ、君たじろぐことなかれ。

　　君つねに身心すこやかであれ、すがすがしくあれ。


　以上のように、詩作品「使う。」などなど、纏めていると、昔、中部詩人サロン詩画展で伴野さんが出品した絵画「狐」が、おのずと想い出されてくる。

　研究家木下信三氏にノートされた、年譜を参考に足跡を次に示し、この稿の結びとしよう。

足跡

明治三十五（一九〇二）年、当歳。三月十日、名古屋市西区塩町に父亮・母みすをの長男として生まれる。六人兄弟、呉服店尾嶋屋の三代目を予定されている。

大正八（一九一九）年、十七歳。名古屋高等商業学校に入学、同期の柳亮、中山伸らと感動詩社結成。同人誌「曼珠沙華」を創刊。詩作を始める。

大正十一（一九二〇）年、十八歳。詩誌「独立詩文学（「曼珠沙華」改題）」を発行。

大正十四（一九二五）年、二十三歳。永井政子と結婚。

昭和二（一九二七）年、二十五歳。詩集『街の犬』を刊行。

昭和六（一九三一）年、二十九歳。高木斐瑳雄、中山伸、野々部逸治らと詩誌「友情」を発刊。以後当分の間詩活動から遠ざかり家業に専念する。

昭和九（一九三四）年、三十二歳。妻政子病気により死去。

昭和十四（一九三九）年、三十七歳。長江綾子と再婚。

昭和二十二（一九四七）年、四十五歳。高木斐瑳雄、伴野憲、亀山巌、中山伸が発起人となり新日本詩人懇話会を結成。副会長に就任。戦後の新しい詩活動に入る。以後詩誌「詩人街」の同人。名古屋短詩型文学連盟の委員、詩華集『中部日本詩集』の編集委員、そのかたわら詩作品、詩論などを発表。

昭和二十八（一九五三）年、五十一歳。日本詩人クラブの会員となる。同年同志二十一人と詩誌「サロン・デ・ポエート」を創刊する。

昭和四十六（一九七一）年、六十九歳。妻綾子の腎臓病悪化、透析が始まり、妻の介護に専心。

昭和四十九（一九七四）年、七十二歳。詩集『屋根を越えていく風船』を上梓する。

昭和五十（一九七五）年、七十三歳。詩集『クルス燃える』を出版。この全詩作品を朗読、録音テープを制作。

昭和五十八（一九八三）年、八十一歳。中日詩人会よりこの地区における「先達詩人」として表敬を受ける。妻綾子逝去。

平成四（一九九二）年、九十歳。二月、尾嶋屋創業百年を記念する祝賀会が開かれる。十月二十日死去。

「覚寿院釋憲明」

「サロン・デ・ポエート」一八五号が「伴野憲追悼号」を発行。

Ⅲ章　詩人　亀山巌の思い出

一　出会い

亀山さんについては、すでに『東海の異才・奇人列伝』において「Ⅱ―異才・異能の人」の章として、木下信三氏が執筆しており、又、『亀山巌の小宇宙』（編集　岡田孝一）や『中部日本の詩人たち』で、久野浩氏が〈装丁画家・遊民詩人の亀山巌〉として纏めている。

亀山巌さんがお亡くなりになったのは、平成元年の五月である。この稿を書く今は、平成二十八年である。漸く私阿部堅磐がその執筆に着手できた。およそ二十六年経ってやっとである。その稿で、久野氏や木下氏の触れなかった一面をまとめてゆきたい。

サロン誌三一五号において、私は「〈黒い世界・亀山巌〉に触れて」と題して、発表はしているが、その「亀山巌展冊子」の一文から記していこう（以下、その引用）。

問われれば唯一の芸

明治四十（一九〇七）年、新聞記者の長男に生まれ、虚弱体質から座職の図案師のもと工業学校図案科に学んだ。なまじ詩がすきであったことから夢みて正業に就くことを拒み、困じた果ては瓜の蔓には茄子はならぬわけで、ついに昭和三（一九二八）年、名古屋新聞社で働くことになった。同社は統合されて中日新聞となるが、在籍のまま名古屋タイムズ社長を十二年、昨年辞去するまで通算して四十六年よく勤めたと呆れるが、ただの一日も嫌な思いをしなかったのは、仕事が性にあっただけでなく、良き先輩知友に恵まれた結果である。作品は結局のところ勤めの間にも制作されたことになるが酒を楽しむことが生理的にできず、囲碁将棋麻雀の趣味もなく、ゴルフ釣魚の爽快さにも縁はない。遊芸音曲の風流を解しない朴念仁であるうえに面白くもないシラケ型性格で、家に潜んで絵に縋りときに文章を弄ぶほかはなかったせいだ。（抜粋）

この一文で、亀山巌氏のアウトラインがつかめる。私はサロンに入ってまもなく、詩作上のことで、アドバイスを願ったことがあった。そして、次のようなお返事を頂いた。

——〈速達拝見。

私見多少ともご参考になった様子うれしく存じます。再び申し上げますと、テーマにふさわしい語彙、語法が必要だと思うのです。修験のお山ですから、そちらの方から入っていくのもひとつの手です。郁乎はその奥儀まるでよんでおります。日本には語りものの伝統があり、代表的なのは義太夫ですが、とりわけ古浄瑠璃でも調べる必要がありそうです。切角のテーマですから大切にしてコツコツと積み重ねることを切望いたします。（略）

〈ヘンなお説教文章になりましたが通信教授と思って下さい。十二月二日　亀山生〉

二　不思議な縁で

こうして、通信教授亀山巖さんの薫陶を受け、居心地がいいサロンの同人として、生きてゆく覚悟ができたのである。年齢でいうと、私の二十九歳の時である。縁というのは不思議なもので、私の書道の先生が、松尾禎三先生であって、何とこの人は亀山さんと懇意な郷土史家で中日新聞にお勤めだったというから、不思議な縁と思う。

二十九歳の夏、私は故郷の八海山に登り、長篇の詩を書きとげ、サロンの〈現代詩研究会〉に提出した。その後、その作品「魂乞い八海山」を亀山さんにお送りした。そうして、次のような便りをもらった。

民俗詩とでもいうような「魂乞八海山」拝見。「い」の字を入れること不要。ちょうど五字の奇数になります。歌舞伎の外題はすべて奇数であること念のため。総括して、語りものなら滑らかな発音の言葉を選ぶべきこと、地の文章の「ぞよ」というような口調はチョッと気に障ります。あの文章は素人のかいた猥本の壇浦夜戦記めいています。野坂昭如は私の質問には「御詠歌をきいてたので、アンナ文章になった」といっておりますが、民俗古典の語彙を調べてみるのも面白いでしょう。どうせ民俗詩ですから、デイモンのいわた君みたいな「今日性」を気にする必要はありません。いわた君自体の新しさはどこにあるのか。コンピューターによませる詩というほかはありません。

擬古体というスタイルは、実は作者の学習の卒論みたいなものです。独り合点では通じませんからくれぐれもご勉強を願い上げます。

十一月十八日夜

全く、今考えてみると、すごい、アドバイスを貰っていたわけである。そんなわけで、水谷勇夫さんの名著『神殺し縄文』にヒントを得て、作品「神渡り」（詩集『八海山』所収）を生み出すことができた。同様に浄瑠璃の一つ、『本朝廿四孝』を踏まえて、作品「諏訪」（詩集『あるがままの』所収）が生まれた。それは、学習したからといって、すぐには作品の上には表れない。三年後、五年後に思わぬ時に、作品化するものと、後に知ったものである。

亀山さんがお亡くなりになったのは、平成元年であり、現在、私が執筆しているのが、平成二十八年であり、話が前後して忸怩たる思いがして、申しわけないが、思い出すまま述べていこう。

私が第二詩集『八海山』を刊行する時、予定通りにいかず、病を得て、故郷に帰って静養したが、兄の世話で、南魚沼の大和町にある八海山社務所に身を寄せて、言わば、居候をしていた。その時、亀山さんは手紙を下さった。それには「病気は予後が大切。すこしでも肉体の訓練をすること――その意味から社務所の活動はまことに適切と存じます。そろそろ名古屋が恋しくなったようですが、しかし名古屋に何があるのか、都会は故里たり得るのか、これは都市計画技術者たちの大きな宿題でもあります。〈自分自身〉としての意志の確立こそ目下いちばん考えることのはず。より高い勉強をして下さい。老生風邪で三日不快で閉口しております」とある。

三　捧げる言葉

亀山巌さんが、名古屋タイムズの社長をやめられて後、昭和五十（一九七五）年に持たれた「亀山巌と楽しむ会」は、数えの六十九（実年齢は六十八歳）をもじって、「69を楽しむ会」でもあった。六月九日午後六時九分の開会であった。五百人も集まる大パーティで、サロンの伴野憲さん、中山伸さんと私も出席したものである。亀山さんはタキシードをお召しになり、楽しい会だったことを記憶している。あの時、ステージでは、猿之介の踊りの披露があった。翌日、お会いしたら、亀山さんは「世の中をお騒がせ、申しわけない」とおっしゃっておられた。会場でのその時のスナップ写真は、私のアルバム帳に残っている。

一九九四年三月十五日、グループ・象《しょう》の発行により『亀山巌の小宇宙』（「象」第一八号）が刊行される。没後五年特集である。そこには、〈名古屋豆本既刊日録〉が掲載されてあり、その活躍ぶりが伺われる。

木下信三氏が作成した〈亀山巌　略年譜〉によれば、一九七四（昭和四十九）年、六十七歳。名古屋タイムズ社社長を辞任とある。その翌年、『亀山巌の絵本』（作家社）を刊行している。

一九八四（昭和五十九）年一月下旬、中部日本放送局で開催されたＣＢＣ文化セミナーのおり、会場で配付されたパンフレットに次のような亀山巌自筆のプロフィール小文があるとのことである。直接、私が見たわけではないが、木下氏は、次のように記している。

〈明治四十年生まれ、七十七歳。出身名古屋工業学校図案科卒業。中日新聞を経て名古屋タイムズ社長を退くまで新聞生活四十六年、同人誌「作家」命名創刊同人、詩人、装本画家、随筆家、名古屋豆本版元、雑学倶楽部会長、名古屋市民文化委員会委員長、同市文化振興事業団理事長、市博物館協議員、ボランティア文化便利屋と自称〉という。

次に私の詩作による亀山さんへのレクイエムを掲げる。

忘れ得ぬ人

――亀山巌長老一周忌にて――

勤めが早く終えた昼下り
古本屋さんで書棚をぼんやり眺めていると
銀髪のあなたが
ワイシャツ姿でサンダルを履いて
店のガラス戸を開けて入って見える
品のある穏やかな笑顔
が　炯々とした眼差し
――君はこういう本を読むべきです
煙草を挟んだ指先で示す分厚い宗教書
――ぼくはどうも　こういうの難しすぎて
勉強不足の私は照れながら口籠もる
やがて　二人揃って店を出
バス通りに面した喫茶店に入る
私は畏まってコーヒーを頂き　お話を伺う
――そういうことでしょ　実際は
詩談を交わす時の口癖だった

夏の夕べ　ドブ川ぞいの小道を
浴衣がけ　雪駄履き
ブラブラと居酒屋へと向かう途中
あなたが白い愛犬を抱いて
あの街角から姿を現す
道路を向かい合わせに
あなたは私を見てニヤリとする
そして　手を挙げて立ち去る
眼鏡のレンズがキラリと光る
私は軽く会釈した後
夕食をとりに居酒屋に入り
生ビールを飲みながら
あなたからの便りを思い出す
――詩人は全身全霊をあげて詩作すべきです

寒い冬の宵　ある会合が持たれる
四角く　机を
様々なジャンルで
活躍する人達が
一人一人　自己紹介をする
文芸評論家のO氏が自己紹介を終えると
――この人は会魔
と　あなたは微笑を浮かべて話す
ほどなく　私の番がきた
私はしどろもどろで自己紹介する
――この人は詩魔
すかさずあなたは私をみんなに評す
手紙魔と称されたあなたは
私達にも○○魔と名付けた

そんなあなたが

亡くなられてから一年が過ぎた
あなたは　晩年
吉野へと毎春訪れたとのこと
私も吉野へと旅に出た
私は吉野の山道を歩きながら　ふと思った
ここがあなたには
桜浄土へつづく道であったのかも知れないと

Kさんの教訓

私の敬愛していたKさんと出会ったのは、私の三十歳の頃だった。当時、Kさんは新聞社の社長さんをなさっていて、博学才穎の詩人で画家でもあった。お住まいが私の住まいの近くだったので、私は時折、用を作って、お邪魔したものだ。そして、時を忘れて詩談を交わし合った。初めて二階の十二畳ほどの洋間に通され、古い四角い大きな机を見た時一種独特の感動を覚えたものだ。この書斎で作品が生み出されるのだ、と思った。丁度、Kさんは豪華な絵本を出版されたところで、出来上ったばかりの絵本を私は拝見させてもらった。それは細密画もあり、Kさんの世界がくり広げられていた。私は一通り拝読させてもらってからKさんに言った。〝やった〟という気分でしょう、と。Kさんは〝やった〟ではありません。〝やった〟と思うところに精神の堕落があります、と明るい声で笑顔でおっしゃった。私は、たしかにと思いながら、そういう時は何と言えばいいんでしょうと尋ねた。終りましたくらいでしょう、なすべきことを終えたという意味で、とKさんは眼で念を押された。以来、お互い目と鼻の所に住んでいながら、二人の手紙のやりとりが頻繁になった。私の作品が合格点になっている時は、まあまあでしょう、とおっしゃり決してよく出来ましたとは、おっしゃらなかった。だから私は、まあまあという言葉があれば合格点と勝手に思ったものである。もうお亡くなりになって十五年余にもなるが、私は未だに、まあまあという作品をそれほど、書いてはいない。それでも、終りましたと自分自身に言える仕事をしたいものと、心からそう思っている。今までに、いくつかの仕事をする度、隣人から、Kさんが生きていらっしゃったら、どんなにかお喜びになったことでしょうと言われることはある。

夢・通信教授

今日もあなたの夢を見ました。そこは窓に造花が美しく飾られ、店の脇をきれいな小川が流れているレストランでした。私はヘンデルのオラトリオに耳傾けていました。入口のオート・ドアを開けてあなたは入ってこられ、私を見ると軽く手を挙げられ、私の座っている席のテーブルの向かいに座られました。ウェイターにオーダーをされると、愛煙家のあなたはタバコに火を点け、おいしそうに吸われました。開口一番〈お仕事の方はどうですか。詩作や研究は進んでいますか〉。いつも優しいあなたは尋ねられました。私は組んだ足を反対に組み直し、おもむろに、日頃のささやかな勉強ぶりを話し、告げました。〈来月また詩集を出版します〉と。するとあなたは顔を綻ばせながら、〈それは重畳、あなたが、これ一つが生命なんだ、というものを握りしめていらっしゃることに私は安心しました〉。そして言葉を続けて〈ご自分のなすことを完璧にこなし、いつも毅然としていなさい〉とおっしゃいました。そこで私は目が覚めました。今朝の夢を私は昼休み、噴水の傍らのベンチに腰を下ろして、その言葉を反芻し、昔、あなたから教えられたあの言葉を思い出しました。〈アベ君、自分を大切にして下さい。人間は自分が一番可愛いものです。そして自分を可愛いと思うその心で他にも接して生きなさい。それが本当の意味で自分を大切にすることです〉。三十年も前に教えられた言葉で、今、私は思う。生前あなたを私は通信教授とお呼びしていました。ことあるごとに手紙で様々なことを教えて頂きました。あの頃のままに死後も夢で教えて下さることに感謝します。すでにあなたが亡くなられて十七年も経ちましたが、夢の中でタバコを斜にかまえられることも、私にはとてもうれしいことです。

また、こんな詩作品をつづったこともあった。

生きる

大工さんが木を削るように
陶芸家が皿を創るように
詩を創ってゆきたい

農夫が田を耕すように
己れの精神を耕し
自己の魂の救済を願い
そして　その拡大をはかる

木曽の木食聖者　普寛
その弟子　泰賢
その跡を慕った吾が父　空風

父祖伝来の田畑を売り払い
七瀧への参詣道を切り開いた父
その行者の教えと
看護婦だった母の
ナイチンゲール精神に学ばねばならない

いつぞや　ある詩人から
「貴方のお父さんの修行の深さと　貴方の学んだ学問との距離は大分あるようです。」
と便りをもらった時
道を究める難しさを思い知らされた
その詩人が通う焼処屋さんが
焼処屋さんを営むかたわら
御嶽山へ修行に行くという
私はその話を聞かされた時
うーんと思わず唸ってしまった

学生当時　私は
人生の意義について何もわかっていなかった
今でもほとんどわかっていないが
あの頃　恋愛についてとか
つまり女のことしか考えていなかった

自己の根源へ帰ろう
家業へと辿ろう
悲哀に満ちた私の生

詩心と道心の旅がまた始まる

（詩集『生きる』所収）

このような詩が生まれてきたのは、勿論、亀山さんのアドバイスもあろうが、私はこの時、『梁塵秘抄』の研究に励んでいた。自分の所属している〈和歌文学界〉の方面の研究である。『徒然草』『仏教辞典』『説教集』『更級日記』などに焦点をあて論じた。続いて、『閑吟集』『神楽歌』『隆達小歌』『松の葉』を読んだ。折も折、亀山さんから次のような手紙を頂戴した。

○短歌誌とお便り拝受。学校の先生というひとは、イロイロな方角の仕事をせねばならぬようで大変だなぁと思いました。梁塵秘抄の「汐踏み」は汲むのとちがい足を使っての労働のように思います。汐踏み——推測ですが、水車のようなもので、足で踏んで廻わし、低いところから汲みあげたのではないか。農夫たちは水車を古くから用ゐてゐるからです。
○詩論の件、つぎつぎとテーマを変えることそれは詩人論というより解釈紹介に了りはしないのか。それよりも自分の立場をまずはっきりさせることが先決。その視点でこそ他を論ずる意味が生まれます。そうでない片々たる記述に私は少しも興味をもちません。せいぜいいって読書ノートぐらいのものですから。

○「作家」来年の表紙を三枚かきアリ。三月三五〇号用の原稿をかいているうちにジュール・ラフォルグを調べ直しています。やはり面白い詩人です。
○タルホが死んで週刊読書人に四枚、図書新聞に七枚、「作家」二月号に十五枚かきました。私の場合――いつでも自分のことをかくつもりでかいております。
○猫ヶ洞の池へ渡り鳥をみにいくこと二回、風がつめたくなっているので　ワン公が早く帰ろうというので8ミリをおちおち撮っていられません。　　十一月十一日
シャシンありがとう。エーゲ三日巡航。アテネ・ミラノ・チューリッヒ各二日、バリ四日と暑さを満喫して一巡無事でした。強行軍はリウマチによく効きます。とにかく

考え旅をするのはよいことです。予定していたノコギリと狩りのラッパを買えましたのでご満悦です。

御嶽教奥義書の件なかなかよろしい。さらに古えへと勉強することです。加藤郁乎も修験道をよく調べており教師格です。但しその作品に生でそれがでていないのがまことによろしい。よんだものが生ででるようでは勉強とはいえません。

きょう「文学史研究」到着。「花竹」を投書側から捉えたのはちょっと面白そうですが、一種の営業にしている人たちのイヤラシさに触れないのはいけませんね。


旺生のをどりをみた由、その日に家の祝いとかあって欠席。彼はよく知っています妻女も同じ。頭のいい人です。

閑吟集、松の葉、梁塵秘抄など上田敏、北原白秋はよく消化して、その説は作詩に投影させております。それに古今集、新古今よむのは一応　詩人の角度から吟味すると言葉がよくなります。万葉は古すぎて使いにくい。

豆本資料同封。心あらば会員になって下さい。
佐藤君の詩集　いい感じに入りましたのでホっとしました。平光君の仕事はとてもよろしい。

便りをダラダラと書き綴っていくと、私にはとても懐かしく思えて来る。「名古屋豆本」については、『亀山巖の小宇宙』に詳しいので、ここでは省く。『中部日本詩集』（昭和二十七年—一九五二）には、次のような詩を発表している。

夏山絵葉書

鳥たち
鶯が鳴いている
白樺の繁みが、その声を吸取紙のようにしみこませる
時鳥が啼いている
裸の朽ち木が風の中でふるえている

筒鳥がないている

一ノ谷の涸れ沢と、二の谷の崩れ岩の、三の谷の倒れ木が合唱する
雷鳥がなく、うそ寒い
ビロードのようなハイ松が稜線まで続いている

後のことは、久野浩氏の労作『中部日本の詩人たち〈装丁画家・遊民詩人の亀山巖〉』と重複するので、ここでは述べない。私の第三詩集『貴君への便り』の装幀は亀山さんによるものであることを述べおく。

参考資料
『亀山巖の小宇宙』（「象」一八号、一九九四年春）
『東海の異才・奇人列伝』（風媒社、二〇一三年四月二十日発行）
『中部日本の詩人たち』（中部出版社、平成十四年五月十日発行、久野浩）
詩誌「サロン・デ・ポエート」（中部詩人サロン、諸家）

付記

この「詩歌鑑賞ノート」を何年かに渡って書きついで来たが、私の頭では、高見順の『昭和文学盛衰史』があって詩壇の様子も記してみたかった。亀山巌の詩的業績を記すかたわら、私への私信も披露する次第となった。あくまでも詩文学の世界での話であることをのべ置く。

亀山巌　略年譜

一九〇七（明治四十）年、二月二十八日、父亀山六次（半眠）、母ぎんの長子として名古屋市中区裏門前町に生まれる。

一九一九（大正八）年、十二歳。東田尋常小学校卒業。

一九二一（大正十）年、十四歳。名古屋新聞社発行児童誌「兎の耳」に挿絵を描き、画稿料として月三円を受ける。

一九二三（大正十二）年、十六歳。「妖星」「踏絵」「象徴詩人」に参加。「踏絵」表紙は図案科実習室の石版で自分で刷る。

一九二四（大正十三）年、十七歳。三月、愛知県工業学校図案科卒業。五月上京、上野の装飾図案丹石版の版下工見習になるが一週間で気鬱病になり辞職。十月、春山行夫編集「指紋」に詩作品「月」「青い薔薇」、丹青社に住み込みで就職。表紙絵、装丁も引き受ける。

一九二五（大正十四）年、十八歳。梶浦正之詩集『鳶色の月』装丁。三浦逸雄企画の「映画芸術」装丁と薔薇美童の筆名で短文発表。丹青社を辞め、八丁堀の叔父「稲垣タイル店」の居候。

一九二六（大正十五）年、十九歳。春山行夫編集の詩誌「謝肉祭」に、詩「鎮魂歌」「オフェリア」発表。吉田一穂詩集『海の聖母』装丁。柳瀬正夢らの「漫画」に投稿佳作。

一九二七（昭和二）年、二十歳。名古屋に帰る。亀山巌装丁の詩誌「機械座」に「遊戯場哀唱調」などの詩や随筆を発表。絵本『イソップ物語』全編の絵を描く。名古屋新聞連載の土岐きなむ堂「伝説お富岩」の挿絵を描く。

一九二八（昭和三）年、二十一歳。四月、名古屋新聞社編集局に入社。佐藤一英詩集『古典詩集』装丁。

一九二九（昭和四）二十二歳。「ウルトラ」編集発行。山中散生編集「CINE」同人となる。北原白秋童謡集『月と胡桃』、田中冬二詩集『青い夜道』の装丁。第一書房『自由日記』の装丁もこの頃か。

一九三〇（昭和五）年、二十三歳。松原英治らの劇団の「クノック」「父」「筑波秘録」の舞台装置を担当。翌年へかけて名古屋新聞に「春のモデルノロジー」を連載。

一九三一（昭和六）年、二十四歳。「街のパンフレット」に毎月「ナゴヤモデノロジオ」を連載。今和次郎・吉田謙吉編集「考現学採集」に「レビュウ・ガァル楽屋調べ」が収録される。

一九三二（昭和七）年、二十五歳。名古屋新聞に「春の採集帖」連載。『文芸汎論』装丁。

一九三七（昭和十二）年、三十歳。十月十四日、特派員として上海に赴き、二十日間ほど滞留して報道記事、戦争モデノロを新聞に掲載。

一九四二（昭和十七）年、三十五歳。名古屋新聞に二千回以上執筆の絵入り「浮世十字路」（銃後十字路）が新聞統合のため終了。

一九四八（昭和二十三）年、四十一歳。亀山巌命名の文学同人誌「作家」創刊。この時から一九八九年六月号まで四十余年間、表紙デザイン、カットを描き続けてきた。また同誌上に数多くのエッセイ、小説、詩などを発表した。

一九五一（昭和二十六）年、四十四歳。『裸体について』（作家社）刊行。十一月、中部日本新聞社取締役となる。

一九五六（昭和三十一）年、四十九歳。「栄養不良の青春」を書く。十二月、中部日本新聞社を辞して東京へ行く。『中部日本詩集』『中部日本年刊句集』など以後続けて装丁したものの他、個人詩集など数多くの装丁を手掛けているが、商売にはしない。

一九五七（昭和三十二）年、五十歳。上野陽一の日本産業能率研究所に通う。

一九六〇～六二年、「作家」誌上の筆名は河本重。

一九六二（昭和三十七）年、五十五歳。名古屋に戻り、名古屋タイムズ社社長となる。

一九六五（昭和四十）年、五十八歳。詩誌「サロン・デ・ポエート」五七号から一九八九年八月発行一六八号まで表紙デザインと表紙裏のエッセイを書き続ける。

一九六七（昭和四十二）年、六十歳。名古屋豆本開板、以後二冊を除くすべての装丁を亀山巌が担当、年間五冊のうち一冊は版元切絵デザインのカレンダー。

一九八九年まで別冊を含め豆本百四十余冊を刊行。『球体人間』（豆本）刊行。

一九六八（昭和四十三）年、六十一歳。改訂版『裸体について』（作家社）刊行。稲垣足穂『少年愛の美学』『東京遁走曲』装丁。

一九六九（昭和四十四）年、六十二歳。『秘画鬼の生と死』（有光書房）、『絵本ぱらだいす』（豆本）刊行。中日本飛行学校校長就任。

一九七〇（昭和四十五）年、六十三歳。『偏奇館閨中写影』（有光書房）刊行。

十月、岐阜市にて「亀山巌の装本飾絵展」。

一九七二（昭和四十七）年、六十五歳。『とちちりちん』（有光書房）刊行。

一九七三（昭和四十八）年、六十六歳。『中野スクール』（有光書房）刊行。

一九七四（昭和四十九）年、六十七歳。碧南市にて「亀山巌作品展」。『むかし名古屋』（豆本）、『モンポルノス』（有光書房）刊行。名古屋タイムズ社社長を辞任。

一九七五（昭和五十）年、六十八歳。『亀山巌の絵本』（作家社）、『神の貌』（有光書房）刊行。

「あじくりげ」月刊に、この年より一九八九年六月号まで百六十七回、切絵付きエッセイ「味の夢抄」「たべもの雑記帳」を連載。六月九日「亀山巌を楽しむ会」。六月、画廊ニシキナゴヤ、七月、東京銀座文春画廊にて「黒い世界・亀山巌展」開催。

一九七七（昭和五十二）年、七十歳。二月「雑誌の会」の設立に参加。「雑談」一号より三号までの表紙絵。数度にわたり同誌のエッセイを発表。

一九七八（昭和五十三）年、七十一歳。名古屋市民文化委員会委員長就任。

一九八一（昭和五十六）年、七十四歳。朝日カルチャーセンターにて随筆講座。

一九八三（昭和五十八）年、七十六歳。二月、伴侶小沢喜美子、腺ガンのため死去。名古屋市芸術創造センター・名古屋市文化振興事業団初代理事長に就任。

一九八四（昭和五十九）年、七十七歳。八月『亀山巌私誌1・一〇〇〇日』、十二月『亀山巌私誌2・七三六』、別冊1『カメス・ノート』刊行。十月「亀山巌の千日を励ます会」。

一九八五（昭和六十）年、七十八歳。二月「零の会」。四月、現代風俗研究会の吉野山花見に参加、またとない花に憑かれて、以後一九八九年まで毎年吉野山花見へ。

一九八六（昭和六十一）年、七十九歳。『神の貌』（豆本）刊行。

一九八七（昭和六十二）年、八十歳。『渡辺さんもしやあなたは…』（豆本）、私誌別冊2

『遊民の検証』、『空一面のうろこ雲』刊行。十月「名古屋豆本20年展・亀山巌の小宇宙」、「遊民・証人の集い―亀山巌を叱る会」（大貧血で治療中、入院先の前田病院より会場へ通う）。

一九八八（昭和六十三）年、八十一歳。私誌別冊3『芸文逍遥―遊民おねだり帖』刊行。総合同人誌「象《しょう》」同人になる（「象」命名は亀山巌の提案のものを投票多数で採択）。

一九八九（平成元）年、八十二歳　三月二十三日、CBCクラブにて講演「わたしの昭和史」。四月十七日、愛知医科大学付属病院にて検査入院、五月二十三日午後五時十分、悪性リンパ腫のため死去。五月二十五日、自宅にて密葬、六月五日、覚王山日泰寺普門閣にて葬儀・告別式。

雑学倶楽部会長、現代風俗研究会会員、日本展示学会会員でもあった。

一九八九（平成元）年、九月十日「亀山さんを語る会」を開催。

一九九〇（平成二）年、五月十二日、子息亀山勲『たらちね茶漬――たべもの雑記帳』（「あじくりげ」連載エッセイより）を刊行し、メモリアル・パーティを開催。

『私の生きた時代』（名古屋豆本終刊本）を刊行。

一九九一（平成三）年、五月十九日、墓参、偲ぶ会開催。

一九九二（平成四）年、五月二十三日、三年を偲ぶ会。

一九九三（平成五）年、七月、愛知県碧南市民図書館に亀山巌所蔵本・名古屋豆本を収蔵。

（「象」四号・亀山巌追悼特集に掲載の年譜（木下信三作成）のものに加筆）

――〈『亀山巌の小宇宙』による〉

あとがき

私は「詩歌鑑賞ノート」を書き続けて来て、それが二十冊になった。いつか、それらの何冊かをまとめ、刊行したいと思っていた。

このほど〔新〕詩論・エッセイ文庫が計画されるということで、私はそれに参加する次第である。

本書『三人の詩人たち』は、三人の詩人についてその詩業を書き記してみたものである。中山伸、伴野憲、亀山巌、の三人は私にとって大切な師であった。三人の詩人がお亡くなりになってから、何とかその詩人の詩人格をまとめたいと思い記してみた。自由に書き記したので、三人を知る人に、なつかしく思い出してもらえたら、私としてはうれしく思う。

二〇二〇年五月

阿部堅磐

著者詩歴

阿部堅磐（あべ・かきわ）

一九七五年　第一詩集『倒懸』（詩耕社）
一九八〇年　第二詩集『八海山』（中部詩人サロン）（第十三回新美南吉賞佳作を受く）
一九八九年　第三詩集『貴君への便り』（中部詩人サロン）
一九九七年　第四詩集『生きる』（中部詩人サロン）
一九九九年　詩画集『ぼくと叔父さんの物語』（人間社）
二〇〇一年　第五詩集『訪れ』（愛知書房）
二〇〇二年　第六詩集『あるがままの』（土曜美術社出版販売）
二〇〇四年　第七詩集『男巫女』（土曜美術社出版販売）
二〇〇六年　第八詩集『梓弓』（土曜美術社出版販売）
二〇〇九年　第九詩集『舞ひ狂ひたり』（土曜美術社出版販売）
二〇一二年　第十詩集『円』（土曜美術社出版販売）
二〇一三年　選詩集　新・日本現代詩文庫111『阿部堅磐詩集』（土曜美術社出版販売）
二〇一六年　エッセイ集『古典渉猟』（愛知書房）（第三十回中部ペンクラブ文学賞特別賞を受く）
二〇一六年　小説『昭物語　影とともに』（人間社）
二〇一七年　第十一詩集『コーヒー・タイム』（土曜美術社出版販売）
二〇一八年　第十二詩集『神事』（土曜美術社出版販売）

日本詩人クラブ会員・中日詩人会会員・日本ペンクラブ会員・中部ペンクラブ会員
詩誌「サロン・デ・ポエート」同人

現住所　〒448―0855　愛知県刈谷市大正町四―三〇五

〔新〕詩論・エッセイ文庫　9

三人《さんにん》の詩《し》人《じん》たち

発行　二〇二〇年八月十日

著者　阿部堅磐
装丁　高島鯉水子
発行者　高木祐子
発行所　土曜美術社出版販売
〒162-0813　東京都新宿区東五軒町三—一〇
電話　〇三—五二二九—〇七三〇
FAX　〇三—五二二九—〇七三二
振替　〇〇一六〇—九—七五六九〇九

印刷・製本　モリモト印刷
ISBN978-4-8120-2580-2　C0195